縁切り坂

日暮し同心始末帖⑥

辻堂 魁

祥伝社文庫

目次

至埼玉郡越ヶ谷宿↑
千住
北
西
東
南
不忍池
吾妻橋
人宿「梅宮」
両国橋
一ツ目之橋
大川
松井町
昌平橋
八辻ヶ原
回向院
六間堀
小伝馬町
本石町
竪川
按針町
元柳橋
五間堀（瓢箪堀）
江戸城
米河岸
北町奉行所（呉服町）
呉服橋
新大橋
猿子橋
常盤町
三間町
小名木川
八丁堀
永代橋
深川
高橋

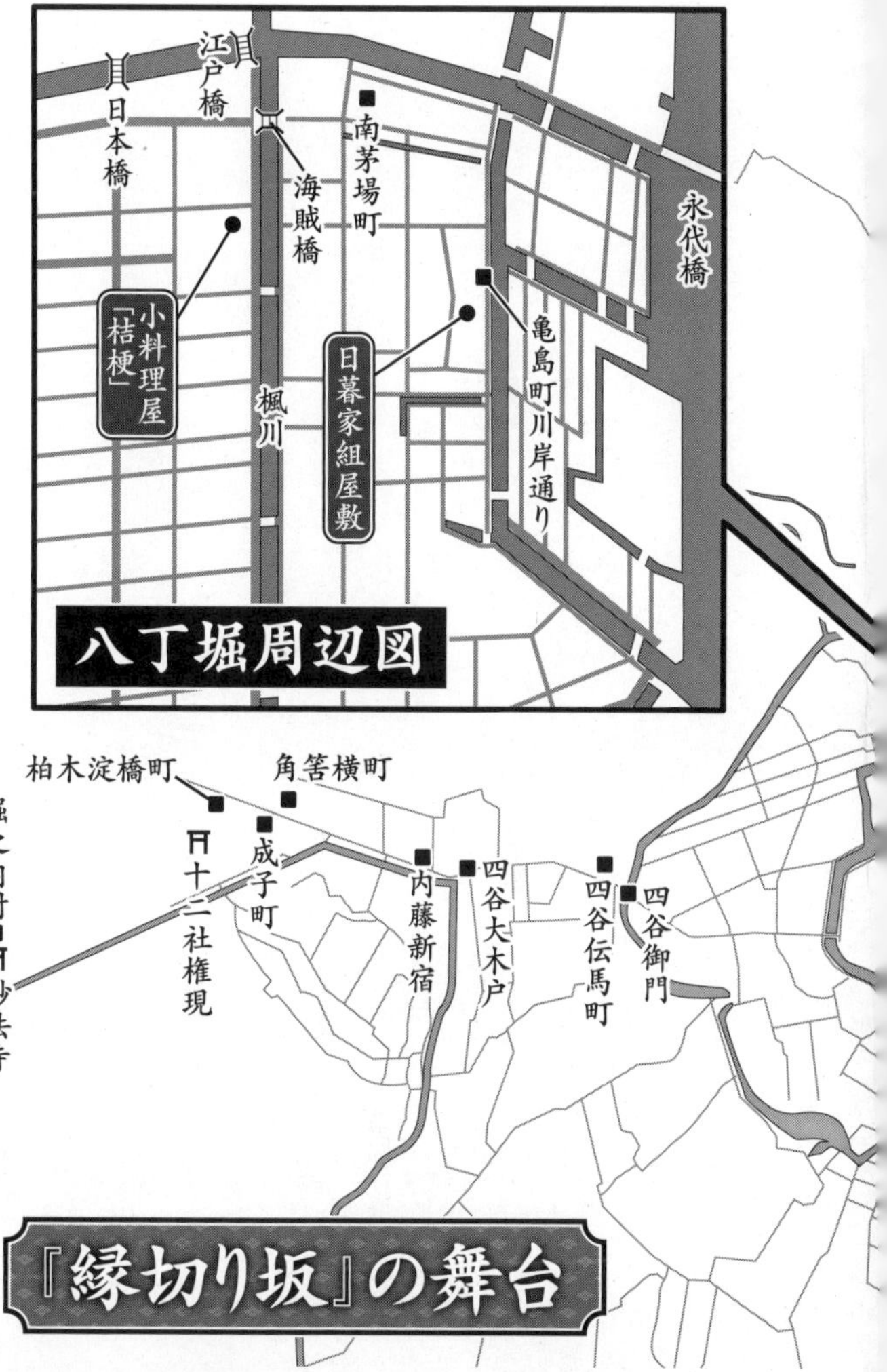
江戸橋
日本橋
海賊橋
南茅場町
永代橋
小料理屋「桔梗」
楓川
日暮家組屋敷
亀島町川岸通り
八丁堀周辺図
柏木淀橋町
角筈横町
堀之内村
妙法寺
十二社権現
成子町
内藤新宿
四谷大木戸
四谷伝馬町
四谷御門
『縁切り坂』の舞台

地図作成／三潮社

序　家内暴力

一

「助けて、お麻奈《まな》ちゃん。か、匿《かく》ってえっ」

お万知《まち》が、怯《おび》えた声を日暮《ひぐれ》家の土間と土間続きの板敷に甲高《かんだか》く響かせた。

勝手口の腰高障子《こしだかしょうじ》戸を勢いよく開け土間へ走りこんできたお万知は、肩を波打たせ、草履《ぞうり》も履《は》かず足袋《たび》のままだった。

土間には大きな飯釜《めしがま》の架《か》かった竈《かまど》がひとつと流し台、調理台に水瓶《みずがめ》、大小の鍋《なべ》や壺《つぼ》、盥《たらい》や笊《ざる》に盆などの並んだ三段の棚のほか勝手口の一角に井戸がある。

竈には朝ご飯の支度《したく》をした残り火が、小さく燃えて土間を暖めていた。

麻奈は、菜実《なみ》をおんぶして井戸端で桶《おけ》を洗っているところだった。

「お万知さん……」

麻奈はお万知をふり仰《あお》いだ。そして、水仕事で赤くなった白い手先を前垂れでぬぐいつつ、やおら立ち上がった。

力強く桶を洗う母親の背中にゆられていた菜実は、つぶらな目をお万知へ不思議そうに投げている。

囲炉裏《いろり》のある板敷では、麻奈の母親の鈴与《すずよ》が洗い終わった鉢や皿を戸棚にしまっていた。鈴与も手を止め、

「おや？　どうしたの？」

と、お万知を訝《いぶか》しむ顔つきを向けた。

囲炉裏にも炭火が熾《おこ》り、五徳《ごとく》に架けた鉄瓶《てつびん》がゆるやかな湯気を上げている。

お万知はうろたえ、息が乱れ、そのうえ唇《くちびる》がきれて血がにじんでいた。唇のわきと頬《ほお》骨あたりの浅黒い肌にも、殴打の腫《は》れが赤く残っている。

島田の髷《まげ》は半《なか》ばくずれかかっていた。

立褄《たてづま》を無造作に鷲《わし》づかみにしているため赤い裾《すそ》よけが乱れ、裾よけの奥に浅黒い脛《すね》がのぞいていた。

お万知はいき惑《まど》ったようにいったりきたりし、土間から板敷を見廻し隠れ場所

を探した。そこへ、

「まあちぃぃ……」

と、雄叫《おたけ》びのようなかすれ声が勝手口の外から聞こえ、お万知は板敷へ飛び上がった。

呆《あき》れている鈴与へ「おばさん、ごめえんっ」とひと声かけ、板敷続きの四畳半へあたふたと逃げこんで引き違いの舞良戸《まいらど》をぴしゃりと閉じた。

「まあちぃぃ……」

獣のかすれ声が勝手口に近づいてくる。

怒りのこもった雪駄《せった》の音が庭先で荒々しく鳴った。

板敷には土間から四畳半へ点々とお万知の足跡がついた。

咄嗟《とっさ》に麻奈は勝手口の腰高障子を閉め、井戸端の雑巾《ぞうきん》をとって板敷に駆け上がり、お万知の足跡を慌《あわ》ててぬぐい始めた。

菜実が麻奈の背中でゆさぶられ、目を丸くしている。

鈴与もまたそわそわと、戸棚の食器を並べ替えたりした。

途端《とたん》、勝手口の戸が勢いよく引き開けられた。

井桁《いげた》模様の白衣《びやくえ》を黒羽織なしで着流した喜多野勇《きたのいさみ》が、刀は差さず、ひとつかみの薪《まき》を手に垂らした恰好《かっこう》で、土間から板敷を睨《にら》み廻した。

麻奈と鈴与、そして麻奈の背中の菜実までが喜多野に睨まれ固まりになった。

喜多野の顔は、それがかえって怒りの烈《はげ》しさを物語るほど青ざめていた。

薄い唇を歪《ゆが》めているのが、笑っているようにも引きつっているようにも見えた。五尺《しゃく》六寸《すん》（約一六八センチ）ほどの中背の分厚い胸と腹を、猫背の下でゆすっていた。

肩が武骨に盛り上がり、短い首は鎧《よろい》のような厚い肉をまとっていた。

丸い鼻の上の一重《ひとえ》の目が二つ、小さく真っ黒に光っている。

「あら、喜多野さん、おはようございます」

麻奈が板敷から、勝手口の喜多野へ無理やり笑いかけた。

喜多野はこたえず、雪駄を鳴らして土間へ踏み入った。

「まあまあ勇さん、どうしたの」

鈴与が戸棚のそばから板敷の上がり端《はな》にきて、落ち着いた声をかけた。

それにもこたえず、ただ周りを落ち着きなく嗅《か》ぎ廻る様子は、知らない家に迷いこんだ野良犬の仕種《しぐさ》に似ていた。

「き、喜多野さん？　あのね……」

麻奈は大きな目を見開き、努めて穏《おだ》やかに言いかけたが、喜多野の黒い目に睨まれ、ぞっとして口を噤《つぐ》んだ。

「万知はどこだ」

喜多野は喉《のど》をふるわせ、かすれ声を低く絞り出した。

「お、お万知さんを、捜しているの？」

それでも麻奈は気をとり直して訊《き》きかえした。

「万知を出せ。万知っ。出てきやがれ。ここへ逃げこんだのはわかってるんだぞ。てめえ、ぶっ殺してやる」

喜多野が喚《わめ》き、手にした薪を苛《いら》だたしげにふり廻した。

「あぶないでしょう。喜多野さん、そんなものふり廻さないで」

「勇さん、およしなさい。麻奈、菜実を気をつけて」

麻奈と鈴与は言いながら、喜多野の乱暴なふる舞いから板敷の片側へ身を寄せて逃れざるを得なかった。

喜多野は雪駄を脱ぎ散らし、分厚い足が板を踏み割りそうな剣幕で台所の板敷へ上がると、床をゆらした。

囲炉裏の鉄瓶の湯気もゆれている。

麻奈と鈴与ではとても止められなかった。

「ここかあっ」

怒鳴《どな》り声と一緒に仕きりの舞良戸が音高く引き開けられた。

「まあちぃ……ああ?」

そこで喜多野はいきづまった。

四畳半にお万知はおらず、隠居の達広《たつひろ》が端座《たんざ》し本を開いていた。

「おお、勇ではないか。なんぞ用か」

達広が穏やかな顔を喜多野へ上げた。

北御番所《きたごばんしょ》の同心勤めを番代《ばんが》わりで退《ひ》いたあと、小銀杏《こいちょう》の同心髷をやめて一文字髷を老いた銀色まじりの総髪《そうはつ》に変え、それが中背に痩軀《そうく》の達広に楽々とした洒脱《しゃだつ》な風貌《ふうぼう》を与えている。

喜多野は怒りのやり場が見つからず、うなり声をかえした。

「ご隠居、ま、万知を出してくれ。どこへ隠した。あの女、もう我慢ならねえ」

「勇、気を鎮《しず》めろ。人の家へきて自分の女房を出せだの隠しただのと薪をふり廻し喚いて、みっともないだろう。それが町方《まちかた》同心のふる舞いかね」

淡々《たんたん》とした口調で言った。

「うるせえ。隠居は口出すな。出てこい。万知ぃ」

喜多野がふりかえったところに、黒羽織に白衣の定服《じょうふく》に拵《こしら》えた町方同心と目が合った。

同心は二尺三寸五分《ぶ》（約七〇センチ）の黒鞘《くろざや》の刀を提《さ》げて、こちらもどことうことなくおっとりとした風情《ふぜい》で立っている。

背丈が喜多野より一寸少々高い五尺七寸（約一七一センチ）ほどの痩軀に、やや高い鼻梁《びりょう》の鼻筋がつんと通った細面《ほそおもて》のわりには、ほんの少し下ぶくれの感じに骨ばった顎《あご》と生白い肌色が、顔だちを柔和《にゅうわ》にしていた。

頭の小銀杏も、町方同心らしく見えるというより、男児が無理やり大人びて拵えたふうな印象を、同心になって足かけ九年になる今も与えている。

奥二重《ぶたえ》の濃いめの目つきは、頑固一徹《がんこいってつ》で四角ばっていながら、言うに言われぬ軽々とした涼やかさを漂《ただよ》わせているのは、この男の持って生まれた気だてかもしれなかった。

喜多野は同心と目を合わせるなり、うっ、とひと息つまらせたものの、即座に声を荒らげた。

「日暮っ。邪魔だ、どけえ」

「喜多野さん。人の家で騒がれては迷惑です。お帰りください。お万知さんはあなたの気が鎮まってからお帰しします。それまでうちに預かります」

日暮、と呼ばれた北町奉行所平《ひら》同心・日暮龍平《りゅうへい》が事もなげに言った。

「なにい、てめえ、ふざけたことをぬかしゃあがると、ぶっ飛ばすぞ」

喜多野が薪をふり上げたから、勝手口より下男の松助《まつすけ》と家の中の様子をのぞいていた俊太郎《しゅんたろう》が、

「あぶない」

と、甲高く叫んだ。

二人は騒ぎを聞きつけ、勝手口にきていた。

龍平は六歳の倅《せがれ》・俊太郎へ向き、わかっている、というふうに頷《うなず》いた。

喜多野は手加減を加える平常心を失っていた。

「どきゃあがれってんだよう」

と、顔を引きつらせて薪をふり上げるなり、脳天へ見舞った。

周りが「あっ」と声をあげた。

ただ、脳天へ見舞ったかに見えた薪はふり落とされなかった。

その前に龍平の左肘《ひじ》が刀の鞘をつかんだまま、喜多野の手首の動きを押さえた

ためだ。薪はふり落とされるどころか、逆に押し上げられた。

すかさず喜多野の左手が、「こいつ」と龍平の刀の柄《つか》をつかんだ。

薪の殴打を止められたため、龍平の刀身を抜きとるつもりらしい。

相手の隙《すき》や油断、不備を容赦《ようしや》なく突くかえしである。

平常心でないにしては、喧嘩《けんか》馴《な》れしたしたたかな動きだった。そこまでやると、もう乱暴ではすまない。

むろん、親指を鍔《つば》にかけ簡単に抜けない用心をしていた。

刀の柄をつかんだ手首が引かれるのを、右の掌《て》で咄嗟に押さえた。喜多野は左の動きも封じられ、

「くそおっ。喰らえ」

と吐き捨てながら、龍平に荒っぽい蹴《け》りを浴びせた。

同心の白衣は、前身頃《まえみごろ》が割れやすいように狭くしてある。

前身頃の間から紺《こん》足袋を着けた太短い足が、力任せに宙へのびた。

龍平はわずかに身体を斜《はす》に変えて蹴りを泳がせ、軸足を軽く払った。

力任せの蹴りが逆に身体のつり合いを奪い、軸足が少しずれただけで喜多野は均衡《きんこう》をとり戻せない。

分厚い胸板を仰《あお》のけに転倒した。

板敷がふるえ囲炉裏の鉄瓶が五徳から落ちそうになるのを、麻奈が慌てて持ち上げた。

転倒のはずみで、喜多野の手から薪がこぼれた。

「ちぃ……」

喜多野は即座に跳《は》ね起き、四つん這《ば》いになって薪へ手をのばした。

が、一瞬早く龍平が刀の鐺《こじり》で薪を土間へはじき飛ばした。

「この野郎っ」

喚きつつ土間へ落ちていく薪を喜多野は四つん這いのまま追って、まるで薪に引っぱられたかのように頭から土間へ転げ落ちていった。

ごん。

土間に転げ落ちたあげく、額《ひたい》が調理台に鈍《にぶ》い音をたてた。

「あたたぁ」

叫んだところへ、

「喜多野、いい加減にしやがれ」

この馬鹿、面倒かけやがって、面汚《つらよご》し……

などと喚き、勝手口から三番組頭《くみがしら》の川浪金次郎《かわなみきんじろう》と組の者四人がなだれこんできた。ひとりが土間に横転した喜多野へ覆《おお》いかぶさり、三人が手足にすがりついて喜多野のじたばたをとり押さえた。

それでも喜多野は手足を押さえる朋輩《ほうばい》らへ下から罵声《ばせい》を浴びせ、身体をよじったり突き上げたりと、抵抗をあきらめなかった。

白衣の前身頃がはだけ、下帯まで丸見えのありさまだった。

上にまたがった朋輩が拳《こぶし》を、二発、三発と見舞い、それでようやく少し大人しくなった。

「うつけがっ」

頭《かしら》の川浪が身をかがめ、顔を歪めてうめく喜多野の頭を叩《はた》いた。

「近所に恥ぃさらしやがって。みっともねえったら、ありゃしねえ。これまでは大目に見てきたが、こうなったら支配役の堀《ほり》さまにご報告するからな。このままじゃあおめえ、町方をお払い箱だぜ。喜多野家を追い出されてよう、八丁堀《はっちょうぼり》にいられなくなるんだ。わかっているのか」

「……おめえら、たたっ殺してやる。許さねえ」

喜多野はかまわず、かすれた怒声を川浪や朋輩へ投げつけた。

「ちぇ、こりねえ野郎だ。これじゃあ話にならねえ。よし、立たせろ。喜多野の家の物置へ叩きこんどけ。物置で好きなだけ喚いてろ」

川浪が板敷の龍平へふりかえり、「騒がせたな」と言った。

「いえ。うちはつつがなしです。お万知さんは、喜多野さんの気が鎮まるまでうちにいてもらいます」

龍平が麻奈に目配せを送り、麻奈は頷きかえした。

麻奈の背中の菜実は、きょとんとしたつぶらな目を龍平に向けている。

「すまねえが、そうしてくれるかい。助かるよ。ご隠居、ご迷惑をおかけいたしやした」

川浪は達広と鈴与、そしていつの間にか板敷へ出てきて、恥ずかしそうに肩をすぼめて佇《たたず》んでいるお万知を順々に見廻した。

「かまわんかまわん。長い人生だ。こういう夫婦喧嘩もあるよ」

達広が四人にとり囲まれ勝手口から連れ出されていく喜多野を見守り、努めて明るく言った。

両腕をとられた喜多野はさすがに観念したか、もう喚かなかった。

喜多野が朋輩たちに連れ出されていくと、俊太郎と松助が落ち着かない様子で土間へ入ってきた。

「家の周りにご近所のみなさんが集まっていますよ」

俊太郎が心配顔で言った。

「いいんだ、俊太郎。みなすぐ帰るよ。お万知、囲炉裏にあたって身体を暖めなさい」

達広がお万知に勧《すす》めた。

さあ、お万知さん――と鈴与が背中を優しく押し、麻奈は藁《わら》の円座《えんざ》を囲炉裏のそばにおいた。

「おばさん、ごめんね。お麻奈ちゃん、ありがとう」

お万知は円座へ座ると、顔を袖《そで》で覆って咽《むせ》び始めた。

それから、うっうっうっ……と咽び泣きをもらす合い間に、「もううちはね、どうしようもないんだから、もうね……」と涙声を絞り出した。

二

「お茶を淹《い》れるわね」

麻奈が茶碗と急須を出し、囲炉裏の鉄瓶を傾《かたむ》けた。

やわらかな湯気と茶の香りが、お万知の泣き声にまじった。

「昨日あの人、真夜中に酔っ払って帰ってきて、今朝、持越《もちこし》で頭が痛い、迎え酒をやるって言うので、湯飲みに出したら、それをひと息に呑《の》み干して、もう一杯って言うの。わたし、御番所の勤めがあるんだからそれぐらいにしたら、って言ったんですよ。そしたら、何を、おれに逆らうのかあって、急に怒り出しちゃって、殴る蹴るが始まったんです。ううっ……」

麻奈がお万知の膝《ひざ》の前へ、湯気ののぼる茶碗をおいた。それから達広、鈴与の前にも茶碗をおき、龍平にも出そうとするのを、龍平が「わたしはいい」というふうに手で制した。

「あの人、怒り出したら手がつけられなくて。横暴とか乱暴なんてもんじゃすまないんです。わたし、恐ろしくて」

お万知の咽び泣きが激しくなった。

菜実がむずかり、麻奈はおんぶ紐《ひも》をといて菜実を膝に抱いた。

母親の膝の上で菜実が茶をほしがったので、麻奈はふうふうと吹き、茶碗を菜実の口へそっとあて微笑《ほほえ》みかけた。

俊太郎は板敷の上がり端に腰かけ、ませた顔つきを囲炉裏のお万知の方へ向けている。

「お麻奈ちゃんはいいわね。血筋正しい旗本の優しいご亭主がいて、可愛《かわい》らしい子供にも恵まれて……わたしなんて、本所《ほんじょ》の碌《ろく》でもない御家人の倅を婿《むこ》に迎えたばっかりに。きっと何かのばちがあたったんだわ」

麻奈もお万知も、八丁堀生まれの八丁堀育ちである。

「何を言う。そんなことがあるものか。勇は確かに少々気は荒いが、仕事に熱心で、町方としていい腕をしていると評判だぞ」

「いいえ、違うんです、ご隠居さま」

お万知の愚痴が続いた。

「あの人はね、わたしの顔が不細工だから酒でも呑まなきゃやってられねえ、仕事でもするしかねえって、さんざん馬鹿にするんです。自分の女房がそんなに嫌《いや》なら出ていきゃいいじゃない。喜多野家はあの人の家じゃないんですから。そうでしょう龍平さん。うぐ、ぐぐ……」

「ええ、まあ、そうですかね」

龍平は上手《うま》くこたえられなかった。

勇は本所の御家人の部屋住みで、十六年ほど前、当時二十歳のお万知の娘婿として北町奉行所勤めの喜多野家と養子縁組みし、番代わりをして北町奉行所同心役に就《つ》いた。今は風烈廻《ふうれつまわり》昼夜廻《ちゆうやまわり》役で、年は三十八歳である。

風烈廻昼夜廻は江戸市中を常に巡回し、町家における非常警戒を掌《つかさど》っている。

喜多野夫婦に子供は生まれなかった。

そうでしょう龍平さん、と言われた龍平は、水道橋稲荷小路《すいどうばしいなりこうじ》の旗本・沢木《さわき》家の三男坊の部屋住みだった。

旗本と言っても、沢木家は小十人組《こじゆうにんぐみ》百俵の貧乏旗本である。気位だけが一人前に高い。

そのため足かけ九年前の二十三歳のとき、旗本の血筋がいくらなんでも不浄役《ふじよう》人の町方同心に、と親戚中が反対する中、「部屋住みでくすぶっているよりはましでしょう」と受け流し、日暮家へ婿入りした。

そのとき龍平は、妻となる日暮家の麻奈の容姿《ようし》も気だてても知らなかった。

達広の番代わりで町方同心役に就き、足かけ九年がたった。妻の麻奈と同じ三十一歳。ただ九年前と同じく、龍平は今も平同心である。

菜実がお万知の口真似《まね》をして、うへえさん、と言ったので、みなが、ほっとしたような笑みを浮かべ、お万知の話の重苦しさがわずかにやわらいだ。

「あなた、そろそろ出かけなければ」

麻奈が菜実へ笑いかけた龍平に言った。

「そうだな。そろそろ刻限だ。父上、母上、出かけます」

龍平が手をつき、ふむ、ご苦労さまです、と達広と鈴与がそれぞれにこたえる。

「お万知さん、わたしは勤めに出かけます。どうぞ、ごゆっくり」

「ご迷惑をかけました。龍平さん、ごめんなさいね。それから、あの人、根に持つ男だから、気をつけてくださいね」

「はは……ご心配なく。松助、いこうか」

「へえ」

松助、これを――麻奈から弁当の包みを手渡された松助は、舅《しゅうと》の達広が姑《しゅうとめ》の鈴与を嫁に迎える前より日暮家に勤める六十すぎの下男である。

奉行所のいき帰り、達広にそうであったごとく松助は龍平の供をする。不浄役人と言われる町方であろうと侍である。侍の体裁《ていさい》は保たねばならない。

「俊太郎、父上を楓川《もみじ》までお見送りしなさい」

麻奈が俊太郎に言った。

お万知の話を大人にまじって聞いていた俊太郎が「ええ?」と、まだ話の途中なのに、という顔つきになった。

「いいから、いきなさい」

この母親に言われたら聞くしかない。

「はあい……」

俊太郎はしぶしぶ上がり端から下りた。

「では俊太郎どの、楓川まで見送りを頼もうか」

龍平が俊太郎のまだ細い肩に掌をおいて言った。

「……なさい」

母親の膝の上で菜実が口真似をして、みなを笑わせた。

菜実の言葉遣いがだんだん母親に似てきた気がする。

俊太郎はひとり、笑えなかった。

亀島《かめしま》町の裏店《うらだな》の小路を挟《はさ》んで組屋敷があった。

三十俵二人扶持《ぶち》の町方同心の住まいに門はない。せいぜいが板塀に片開きの木戸である。

小路を表通りへ出て八丁堀西の楓川まで、さしたる道のりではなかった。

めっきり寒くなったけれど、青空に白い雲が浮かぶいい天気である。

朝の日の差す白い道を、龍平と俊太郎、松助の順に影がついてくる。

龍平はのどかに歩みながら、黒羽織の胸をやや反《そ》らし冬の気配を味わった。

手に同心の黒塗り一文字笠《がさ》を携《たずさ》えている。

「父上」

俊太郎が小走りになって龍平に並びかけた。

「お訊《たず》ねしてもよろしいですか」

「いいとも。何が訊きたい」

通りの先に桑名松平《くわなまつだいら》家上屋敷の土塀が見えている。

「喜多野さまは三番組ですね。三番組の組頭は川浪さまで、ご支配役の与力さまは堀十右衛門《じゅうえもん》さまですね」

「よく知っているな」

「そりゃあ知っていますよ。わたしたち子供の間でも、ご支配役の与力さまのお噂《うわさ》はいろいろ気になりますから」

龍平は口元をゆるませた。

「先ほど、川浪さまが喜多野さまに、ご支配役の堀さまにご報告する、このままじゃあ町方をお払い箱だって仰《おつしや》っていましたけど、町方をお払い箱って、どういうことなんですか」

俊太郎の大人びた口ぶりが笑わせた。

「奉行所のお役目をとかれるかもしれない、という意味だ」

「とかれる?」

「辞めさせられるのだ」

「ええっ。喜多野さまがお奉行所を辞めさせられるんですか」

「そうじゃない。さっきみたいなふる舞いを繰りかえしていると、今に支配役の堀さまのお叱《しか》りを受けて奉行所を辞めなければならなくなるぞ、と川浪さんは喜多野さんを戒《いまし》めて仰ったんだ」

龍平は俊太郎を見おろし、提げている一文字笠を反対の手に持ち替えた。

俊太郎は、戒めて、という言葉の意味を考えているふうである。

町方同心は南北町奉行所にそれぞれ百二十名いて、それが五組に組み分けされている。各組に組頭が決められ、そこに支配役の与力を入れると、ひと組二十五名の構成である。

町方同心は、組頭並びに支配役与力より公私に亘《わた》って支配を受け、臣下《しんか》ではないけれども、上下の関係は厳格だった。

龍平たちは松平家の土塀と町家が両側に続く通りに差しかかっていた。町家の表店《おもてだな》では売物などを店先に並べ、商いの支度《したく》にかかっている。

「喜多野さまは、どうしてあんなに怒っていらっしゃったのでしょうか」

俊太郎が訊いた。

「お酒を呑むとか呑んじゃいけないとかで喧嘩になって、お万知さんを薪で打とうとなさったんでしょう」

「俊太郎は、気になるのかい」

「だって、お万知さんが可哀想《かわいそう》だし、あんなに怒らなくてもいいのに……」

母親の麻奈に似て反り気味の鼻筋が綺麗な横顔を、俊太郎は龍平に向けた。

小さな身体が頼りなさそうに、龍平に合わせて一所懸命歩んでいる。

「本当にそうだ。さっきの喜多野さんはよくなかった。でもな、人はみなそれぞれいろんな暮らしがあって、傍《はた》からは見えない事情をたくさん抱えている。きっかけは酒を呑ませろとか呑ませないとかでも、喜多野さんとお万知さんには、よその人にはわからない喧嘩になったわけがあるのかもしれないよ」

「父上と母上も、喧嘩をするのですか」

「ふむ。あんな喧嘩はしないが、母上に叱られることはある。何しろ母上はしっかり者だから」

俊太郎が小犬のように笑った。

「でも父上は母上より剣術ができるし、家の中では祖父《じい》さまの次に父上がえらいのでしょう」

「そういうことは、剣術ができるとかどっちがえらいとかは関係がない。なんとなくそうなった父と母だけの約束、みたいな具合なのだ。長い間、一緒に暮らしているうちに、なんとなくそういう具合になったり、むろん、ならなかったり、人はいろいろだからね」

そのうちわかるよ、俊太郎、そのうち……

龍平は日差しの下を歩む六歳の倅を見守りながら、心の中で呟《つぶや》いた。

第一話　成子坂《なるこざか》

一

奉行所表長屋門を入った右手に表門番所と同心詰所《つめしょ》が続いている。

その朝、同心詰所では喜多野勇と女房お万知の喧嘩《けんか》騒ぎが話の種にならないわけがなかった。

「日暮、聞いたぞ。今朝は大変だったそうじゃねえか。喜多野がずいぶん暴れたんだって、おまえんとこで」

詰所へ入ると、早速、何人かに囲まれた。

同心たちの勤めの刻限に間《ま》があって人影はまばらだが、噂《うわさ》だけはすでに詰所からあふれるほど充満しているふうだった。

「喜多野はあぶねえんだ。酒癖《さけぐせ》が悪くってさ。いったん、ぶちきれると手がつけられなくなるって聞いてるからよ」

龍平を囲んだ中のひとりが言った。

「そうそう。あの野郎、酔っ払ってたんだろう。勤めがあるってえのに、朝っぱらからさ」

「酔っ払ってたのに決まってるさ。酔っ払ってよ、女房の面《つら》が気に入らねえからって追い廻して、あげくによその家で暴れられちゃあ堪《たま》んねえよな」

「お万知もな、色黒でちょいと愛想がな。半殺しの目に遭《あ》わされたって聞いたが、本当かい。おめえとこの女房や子供に怪我《けが》はなかったかい」

「え、日暮とこのお麻奈とかいう別嬪《べっぴん》の女房が怪我したのか？」

と、龍平を囲んだ朋輩《ほうばい》たちが好き勝手に喋《しゃべ》った。

「いえ。うちの者はみな無事ですし、お万知さんも少々打たれたようですが、大怪我というほどではありません。喜多野さんの気が鎮《しず》まるまで、うちでお預かりしています」

「しかしおめえとこの家は、ひどく荒らされたんだろう」

「大袈裟《おおげさ》です。三番組の川浪さんたちがすぐに駆けつけて、喜多野さんをとり押さえて連れ戻していきましたから」

なんだ、そうなのかい――と龍平の話す、さほどでもない夫婦喧嘩の落着に、朋輩たちは拍子抜けを露《あら》わにした。

あとから囲みの後ろに立ったひとりが、腕組みをして言った。

「くる前に聞いたけどよ、三番組の川浪さんがだいぶ怒っているらしいぜ。これまでは上にとりつくろってきたが、いくら大目に見てやっても喜多野はあらためる気がねえ。あいつは三番組の面汚しだ。だから、支配役の堀さまにこれまでのふる舞いやら失態なんかも含めて全部ご報告してよ、しかるべく処置をお願いする腹だってさ」

「ははん……それじゃあもしかしたら喜多野はこれか？」

と、別のひとりが手刀で首を落とす仕種《しぐさ》をして見せた。

「大いにあり得る。だいたいあの男には町方《まちかた》勤めが向いてねえんだ。廻り方に就《つ》いてから遊ぶ金欲しさにあちこちの表店《おもてだな》にたかってるって、いい噂を聞いたためしがねえ。物事には限度があるが、喜多野は見境《みさかい》がつかねえんだ。ここの箍《たが》がはずれてんだ。って言うか、要するに頭が悪いんだよ」

またひとりが、日髪日剃《ひがみひぞり》で綺麗な月代《さかやき》を指先でつついた。

囲みの間に低い笑い声が起こった。

「喜多野は本所の貧乏御家人の部屋住みだろう。本所の御家人は性質《たち》が悪いからな。気の毒なのは喜多野の家だよ。野郎の出仕《しゆつし》がとりやめになったら喜多野家はどうなるんだい」

「そうだよな。あの野郎を婿《むこ》養子にしたばっかりに、とんでもねえ貧乏くじを引いちまったと、三年前に亡くなった先代の隠居が草葉の陰で哭《な》いてるぜ」

「そうなったら、女房のお万知はどうなるんだい」

「野郎を追い出して、新しい婿養子を迎えてさ。川浪さんが後見人にたって番代《ばんが》わりを申し出るとかな」

「新しい？　新しくてぴちぴちした婿養子をか」

「むりむりむり……」

ひとりが掌《て》を扇子のように小さくふった。そして声をひそめた。

「お万知はもう三十六か七になる大年増《おおどしま》だぜ。それにあの色黒の器量だ。道で遇《あ》っても、もうちょっとなんとかならねえかって、こっちが気になるくらいだしよ」

「野郎とお万知は、あれで存外《ぞんがい》似た者夫婦なのかもしれねえぞ」

似た者夫婦、のひと言で囲みがどっと哄笑《こうしょう》に包まれた。

その哄笑に囲まれながら、龍平は言葉がなく、囲みがとかれるのを待つしかなかった。そのとき下番《かばん》が詰所の戸を開け、

「日暮さま、日暮さま……」

と、龍平を呼んだ。

「梨田《なしだ》さまがお呼びでございます。至急、詰所へおいでください」

「わかった。すぐいく」

龍平は立ち上がり、まだ話し足りなそうな朋輩らに一礼し、ようやく囲みを抜けることができた。

龍平は表門長屋の詰所を出て、奉行所本家の北側にある作事《さくじ》小屋わきの土間を抜け、年寄《としより》同心詰所へ上がった。

土間続きに詰所の北隣に勝手と下陣が設けてある。

詰所は与力番所と年番《ねんばん》部屋に挟《はさ》まれており、部屋の南側と東側を大庇《おおひさし》下の縁廊下が鉤形《かぎがた》に囲い、明障子《あかりしょうじ》がたてられていた。

龍平の属する五番組の支配役与力は五十すぎの花沢虎《はなざわとら》ノ助《のすけ》で、梨田冠右衛門《かんえもん》は

年寄役格の組頭である。

詰所へ入ったとき、年寄同心らの目が一斉《いっせい》に龍平へ向けられた。

鼻先で笑う者や隣とひそひそ話を交わす者もいる。

当然、今朝の喜多野の騒ぎは知れ渡っている。

その中で梨田は、自分の文机《ふづくえ》に片肘《ひじ》を乗せ、凭《もた》れかかるように身体をやや斜めに端座《たんざ》して薄笑いを龍平へ投げていた。龍平が梨田の傍《かたわ》らに着座し、

「お呼びにより、まいり」

ました――と、言い終わらないうちに、梨田が冷ややかにからかった。

「なかなか評判がいいじゃないか」

はあ、と風にそよぐ葉っぱみたいに受け流した。

「喜多野とやり合ったんだって」

「やり合ったというほどではありません。喜多野さんが少々気を昂《たか》ぶらせていました。それを防いだだけです」

「少々だと。喜多野はな、あぶない男なんだ。ここがな……」

と、梨田も指先で額《ひたい》をつついた。

「いっぱいいつまりすぎて収拾がつかないのか、あるいはすかすかのどっちかだ。

ただし、異様に腕っ節が強いときた。あんな野郎に下手《へた》にかかわっちゃあ、怪我の元だが、まさか日暮がな、意外だったぜ」

言いながら、梨田は薄笑いを絶やさなかった。

下番は至急と言っていたが、梨田はどんなに至急だろうとだいたいいつもこの調子だった。

「ご用件をおうかがいいたします」

龍平は至急らしき用件を促《うなが》した。うん？　と唇《くちびる》を突き出し、

「成子町《なるこ》へいってくれ。若い女の仏が出た。町役人から検視《けんし》の要請だ」

と、死体の話がいやなのか、成子町までの遠さにうんざりなのか、梨田は顔を煩《わずら》わしそうにしかめて言った。

成子町は新宿追分《しんじゆくおいわけ》から成木《なるき》街道をとって、中野《なかの》村の手前、淀橋《よどばし》町の隣の江戸朱引《しゆびき》内のほぼ境界あたりの町である。

「当番方がちょいと手が廻らないんだ。そうなると、日暮に頼むしかないだろう。何しろあんたは年番方筆頭の福澤《ふくざわ》さまのお気に入りだから」

薄笑いに嫌みがまじった。

梨田は非常事案に関する事務を掌《つかさど》る非常取締掛《がかり》である。

とり締まりなどの現場《げんじょう》へ出役をするのは当番方である。当番方は、与力も同心も見習から本勤《ほんづとめ》になった若い者が務める場合が多い。

平《ひら》同心は下級の同心の意味ではなく、属する掛のない同心のことである。

それぞれの掛の手すきがいないとき、助勢に加わる。

捕物《とりもの》出役に出動することもあれば、御成道《おなりみち》の警備、お奉行さまご登城のお乗物随行、市中諸色調《しちゅうしょしきしらべ》にかり出されることなど、様々にある。

その日暮らしの龍平――という綽名《あだな》を龍平はつけられていた。

雑用仕事のその日暮らしで一日を送る男、というほどの意味である。日暮の姓とその日暮らしをかけている。

およそ九年前、旗本の部屋住みが町方同心の日暮家に婿入りして、本来なら当分見習、となるところを旗本の血筋と二十三歳の年を考慮され、いきなり本勤並の平同心から始まった。

町方には「旗本の血筋がなんぼのもんだい」「血筋で町方の勤めが果たせるのかい」「旗本だからって、手加減はできねえよ」という気位がある。

「どうせ何もできやしねえよ。雑用でもやらせとけ」

と、役格の同心らの言うのが龍平の奉行所勤めの始まりだった。

一、二年前までは、くたびれる宿直《とのい》に病欠などの障《さわ》りが出れば日暮にやらせろ、というような風潮ができ上がってよく宿直を廻された。
年番方筆頭与力の福澤兼弘《かねひろ》が、組頭の梨田に「日暮にばかり宿直を押しつけるな」と注意を与えたため、近ごろでは臨時の宿直は少なくなったものの、ないわけではない。

少なくなった分、切腹《せっぷく》見届けに南北町奉行所から出る検使役、刑場で刑の執行の検使役、日本橋《にほんばし》などでの晒刑《さらしけい》の警備、あるいは変死体が出たときの検視、といった役目が多く廻されるようになっていた。

そうなると、もう雑用ではない。ただ人が避けたがるきつい役目を、雑用仕事を命じるふりをして龍平に廻しているだけである。

だが龍平は、それを苦にしなかった。煩わしい宿直であれ、人の避けたがるきつい役目であれ、諄々《じゅんじゅん》と従いこなしてきた。

なぜなら、町奉行所同心になって足かけ九年がたった今でも龍平は変わらずに思っていたからだ。

この仕事は、案外、おれの性に合っている。

世の中、こうしたもんだろう。

とだ。

「本日、評定所立会《ひょうじょうしょたちあい》出役が命じられております。それはいかがいたしますか」

龍平は文机に寄りかかっている梨田に言った。

「そっちはいい。人の手配はしてある。それより急いでくれ。仏が見つかったのは今日の朝方だが、どうやら二、三日前にくたばっていたらしい。腐乱の臭《にお》いで近所に知れたんだと。夏場ならもっと早く知れたろうがな」

「二、三日前に？　ということは、女はひとり暮らしだったのですか」

「詳しい事情はわからん。町役人がわざわざ検視に町方を要請してきたんだから、そっちで適当にすませろというわけにもいかんのでな」

「殺しとは限らないのですね」

「どうせ新宿はずれの田舎女郎《いなかじょろう》の多い成子町だ。殺しか、あるいはほかの理由か。殺しだとすれば、女郎と百姓客の金のもつれあたりに違いない。あんた、ひとっ走りいってちゃっちゃっと片づけてきてくれるかい」

龍平は梨田の軽口を頭の中でふり払った。

「承知しました」

一礼しかけた龍平に、梨田はまた薄笑いを浮かべて言った。

「ところで、なんで喜多野が日暮の家で暴れたりしたんだ」

「暴れたというのは大袈裟です。夫婦喧嘩で喜多野さんがお万知さんに手を出したようです。それでお万知さんが家《うち》の方へ逃げてきて、たまたま妻の麻奈とは年の離れた幼馴染《おさななじ》みですから家へ飛びこんだのでしょう。喜多野さんがお万知さんを追いかけて家にきたので、わたしが止めに入ってもみ合いになっていたところへ川浪さん方が駆けつけ落着、という次第です」

梨田の目が、本当にそれだけか、と疑っていた。

「喜多野もな、お万知があんたとこのお麻奈ちゃんほど器量よしならあんなに乱暴な亭主じゃないんだろうが。噂ではな、喜多野は器量好みなんだと。あの面で笑わせるじゃないか」

薄笑いに皮肉をまぜた。

「喜多野は本所の御家人の部屋住みだった。それも貧乏御家人のな。そんな先にあてのない部屋住みが町方同心の娘婿に納まった。公儀直参《こうぎじきさん》と威張《いば》ったところで、貧乏御家人の部屋住みと較《くら》べたら、町方役人の暮らしの方が何倍もましだろう。そう思わないか、日暮」

「ええ、まあ。人それぞれですが」

「人それぞれ？　血筋正しき旗本のおれは違うってか」

「血筋正しきと思ったことはありません。貧乏な武家の部屋住みは己《おのれ》の身のおきどころを求めてただ悪戦苦闘する日々です。世間は血筋で米を得られないことが、身に染《し》みてわかっているからです」

梨田は突き出した唇をへの字に結び直し、それから「どっちにせよ」と、薄笑いへ戻した。

「喜多野のあんな調子じゃあ、せっかく手に入れた御番所の勤めを、今に縮尻《しくじ》ることになりかねんぞ。あんな調子じゃあ、どっちにせよな」

何がどっちにせよだ、と龍平は白けたが、それ以上は考えなかった。ただ、

「では早速」

と言い残し、座を立った。

二

朝五ツ半（午前九時頃）、龍平はひとりで北町奉行所を出た。

黒巻羽織に白衣《びゃくえ》の着流しに紺足袋《こんたび》、草履《ぞうり》。独鈷《どっこ》の博多《はかた》帯に二本を差した定服《じょうふく》

の拵《こしら》えである。

朱房《しゆぶさ》の十手《じって》は帯の後ろ、結び目に挟んで、黒塗りの一文字笠《がさ》をかぶった。

呉服橋《ごふくばし》御門から呉服橋を渡って濠端《ほりばた》を南へとった。

京橋《きようばし》南の数寄屋《すきや》橋、幸《さいわい》橋、虎《とら》の御門《ごもん》とたどり、溜池《ためいけ》、赤坂《あかさか》御門外《ごもんがい》、喰違《くいちがい》、そして四谷《よつや》御門外へ着いたときは、冬空の下でも身体がほんのり汗ばんだ。

甲州《こうしゆう》街道に入る濠端の柳の根元に菅笠《すげがさ》をかぶった寛一《かんいち》が腰を下ろし、子供みたいに空を見上げていた。

ぽっかり浮かんだ雲の流れを眺めているのか、飛ぶ鳥でも数えているのか、江戸の空をぐるっと見渡してから濠端の道を近づいていく龍平まで顔を廻《めぐ》らしてから、軽々と跳《は》ね上がった。

「旦那《だんな》、こっちこっち」

十八歳の色白のちょっといきがった顔をほころばせ、両手をかざし、大仰《おおぎよう》な身ぶりだった。

細縞《ほそじま》の着物に黒の男帯で腹を絞り、裾端折《すそはしよ》りに黒の股引《ももひき》、黒足袋草履が午前の日差しの下ではずんでいた。

昼四ツ（午前十時頃）を四半刻《しはんとき》（約三〇分）ばかり廻っていた。

寛一は内神田竪大工町《うちかんだたてだいく》の請人宿《梅宮《うめみや》》の主人・宮三《みやぞう》の倅《せがれ》である。

十六歳のときより、平同心の龍平が御用で出かける折りの手先を務めている。

梨田の指図を受けてから龍平は、成子町で検視の御用がある、四谷御門外で四ツ半（午前十一時頃）に、と奉行所の使いを梅宮へ走らせていた。

「寛一。待たせたか」

「あっしも今さっき、着いたところです」

「そうか。いくぞ」

「承知。本日は新宿追分の先、成子町ですね」

龍平が四谷伝馬《てんま》町の角を西に内藤《ないとう》新宿の方へ折れてゆく後ろから、寛一はいつもどおり、飄々《ひょうひょう》と心地よさげに風をきった。

四谷大木戸《おおきど》をすぎると、内藤新宿である。新宿上町《かみまち》の追分を西へ成木街道をとった街道沿いの柏木《かしわぎ》成子町は、新宿界隈《かいわい》の武家屋敷地から町地に入ってすぐ成子坂にさしかかる。

道幅五間《けん》（約九メートル）に一町《ちょう》（約一〇九メートル）ほどもある長い坂である。

下町、中町、坂下、上町と成子坂の南北に町地がつらなり、角筈《つのはず》横町を境にして柏木淀橋町になる。

井《い》之頭《のかしら》の細流に架かる淀橋を渡ると、そこは朱引の外、町方支配外の中野村にいたる。

成子町近在の農家で栽培するまくわ瓜《うり》は水菓とも呼ばれ、江戸城に上納するご当所の名産だった。

しかし新宿のはずれながら成子町にも宿場女郎がいて、成子町は新宿より器量のいい女郎衆が多いと江戸の評判を呼び、新宿をすぎてわざわざ成子町まで足をのばす江戸の嫖客《ひょうかく》も多かった。

この刻限、成子坂に面した旅籠《はたご》の格子《こうし》をたてた張見世《はりみせ》らしき部屋に女郎衆の派手な着物姿はないし、嫖客の呼びこみも朝の早い旅人の姿も見えなかった。

昼見世が始まる前の支度《したく》中の下男下女、御用聞き、お針子、両天秤《てんびん》の行商、堀《ほり》之内《うち》村の妙法寺《みょうほうじ》まで出かける参詣《さんけい》客、荷駄を積んだ馬をのどかに牽《ひ》いていく馬子《ご》、通りで遊ぶ子供らの姿が、夜の成子町と異なる佇《たたず》まいを見せていた。

成子町と淀橋町の組合自身番《じしんばん》の町役人が、坂を下ってきた定服の龍平と寛一を認めて自身番の前から駆け寄ってきた。

「北町奉行所のお役人さまでございますか。お待ちいたしておりました。成子町淀橋町自身番に務めます伊左衛門《いざえもん》でございます。この者は仏の見つかりました家主の角兵衛《かくべえ》と申し……」

と、挨拶《あいさつ》もそこそこに「ご案内いたします」と、龍平と寛一を導いた。

そこは、道端にたてられた石地蔵が見える坂下横町を数間南へいったところから路地へ入る裏店《うらだな》だった。

木戸はなかった。棟割《むねわり》長屋や割長屋が不規則に建ち並び、狭い路地にどぶ板が右に折れたり左に折れたりして続いていた。

裏店の敷地の南側は成子の村地と、角筈村の方へ連々と畑地が重なり、新宿方面寄りの丘陵が淀橋川が流れる谷地《やち》田《だ》へ下っていた。

その丘陵の樹林の中に、十二社《じゆうにそう》の社殿がのぞいている。

村地は朱引内でも代官所支配であって、町方支配ではない。

若い女の死体は、あと一間（約一・八メートル）も南へはずれていれば代官所支配になっていた裏店で見つけられたのだった。

そうなっていれば、まるで地面から生えたように砂埃《すなぼこり》まみれのこの粗末な裏店に龍平がくることはなかった。

東西へ歪《いびつ》にのびる路地を挟んで、両側に割長屋が建ち、路地の途中の南側に井戸と井戸の奥まった一隅《いちぐう》に稲荷の小さな祠《ほこら》があった。稲荷の上に椎《しい》の木が繁っていて、稲荷の向こうは塀もなく、丘陵地に造成された何かの野菜畑が見えた。

女の亡骸《なきがら》が見つかった店は、路地の南側の斜面をきりくずした一角に建てられた三軒分の住まいからなる割長屋だった。

当番とともに龍平と寛一を案内した家主の角兵衛は、三軒のうち奥の二軒は二年前、女が借りるまで借り手がつかなかった、と路地をゆきながら言った。

奥二軒の板屋根から軒《のき》までが店の裏手になる南側の斜面より低く、斜面を覆う灌木《かんぼく》や雑草が日あたりを遮《さえぎ》るうえ、雨の日は斜面から雨水が滝のように店の裏手に落ち、斜面がくずれそうで物騒《ぶっそう》だし水はけも悪いからだった。

女の名はお千紗《ちさ》。歳《とし》は二十六と言った。

「二年前、奥の二軒とも借りたい、妹と住むと申しまして。姉と妹の二人で二軒ともというのがどうも訝《いぶか》しゅうございましたが、店を預かる身といたしましては空き家でおいておくのはかえって物騒ですし、姉が江戸へ奉公に出て、その姉を頼って妹が奉公口を求めて江戸に出てきたと申しましたものですから、そういうこともないわけではあるまいと貸したのでございます」

「妹と？　妹はどこにいる」

「それが、三日前から姿が見えないのでございます。そのうえ、一緒に暮らしていた姉が仏さんで見つかったものですから、妹の身が案じられ、これは奉行所にお知らせしなければならぬと思いましたもので……」

「妹は幾つぐらいだ」

「わたしどもは、十三歳と聞いておりますが、本当の年はもう少し幼いような気がいたしました。名はお久仁《くに》でございます」

十三歳になればもう娘と呼ばれ、童女《こども》ではない。

昼の刻限なのに路地にも井戸端にも長屋の住人の姿がなかった。

そのためか、女の亡骸を見にゆく四人の雪駄《せった》や草履の音が路地にいやに気味悪く響いた。

「江戸からお役人さまがお見えになるので、店の者らに家の中で大人しくしているようにと伝えておきました」

と、家主は言い添えた。

確かに、井戸端をすぎたあたりからひどい臭いが漂《ただよ》ってきていた。

「姉と妹の人別帳《にんべつちょう》はあるのか」

龍平は歩みを止めずに訊《き》いた。

「はあ、それが……」

案内にたつ家主と当番が顔を見合わせ、頷《うなず》き合い口ごもった。

「仮人別《かり》は？」

家主は口を石にして、鼻息だけをもらした。

「姉と妹の生国《しょうごく》は」

家主がまた首をすくめたので、当番の伊左衛門が、

「みな、事情を抱えておりますもので」

と、横から曖昧《あいまい》な助け舟を出した。

江戸は本人別《ほん》も仮人別もない者が多数を占める町だった。

「仕方ないな。わかった。ここだな」

「はい。こちらでございます」

と、奥の一軒の建てつけの悪い板戸をこじ開けにかかった。

路地の奥は枯草が覆ういき止まりで、路地を挟んだ向かいの長屋は井戸のところまでしかなく、そこだけ斜面をきりくずしたというより、斜面がくずれた跡地へ余分に三軒分を建て増したような割長屋だった。

狭い路地がさらに狭くなり、どぶ板だけが店の前までのびている。

年配の当番と家主の二人がかりで、ようやく板戸が開いた。

黒い洞窟《どうくつ》のような暗がりから死臭が流れ出てきた。

「うっ」

と、寛一が声をもらした。

当番も家主も袖《そで》で鼻を覆った。

戸口から差しこんだ日が、間口九尺（約二・七メートル）分の土間とひと組の女物らしき草履、黄ばんだ畳に敷いた布団の端と亡骸の足を照らした。

布団と亡骸の黒い影は、奥の薄暗がりにまぎれていた。

土間の片側に竈《かまど》と簡易な流し場があったが、飯釜はなかった。

竈の上の棚にも茶碗が二つに鉄瓶《てつびん》があるきりで、笊《ざる》や皿、壺《つぼ》、桶《おけ》、水瓶《みずがめ》といった暮らしの道具はなく、ここで暮らしているふうではなかった。

龍平に続いて部屋に上がった寛一が、「戸を開けます」と南側になる裏手の障子と板戸を悲鳴みたいに軋《きし》ませた。

外の明かりと冷気が流れこみ、部屋の臭いをやわらげた。

板戸を開けると裏手の外に形ばかりの濡《ぬ》れ縁《えん》があり、手をのばせば届くほど近くまで斜面を覆う枯草が迫っていた。

これでは確かに南向きでも日あたりが悪く、雨の日は斜面から雨水がたっぷり流れ落ちてきそうだった。

むくろは南側を頭にして仰向《あおむ》けに寝転がり、首を歪《いびつ》に横へ折っていた。乱れたつぶし島田の下の額が広く、目鼻だちが悪くないのはわかった。見開いた目は白目に赤黒い粒々が浮かび、黒目が斜め上の宙をさまよっているようだった。

今にも蛆《うじ》が這《は》い出てきそうな紫色のぼってりした唇の間に、鉄漿《おはぐろ》がわずかにのぞいていた。

だが、肌が黒っぽい土色になり、壁土で拵え上げた操り人形を思わせ、生身のむくろにもかかわらず、なぜか気味悪さがなかった。

絞り紋様の五分長襦袢《じゆばん》を細紐《ひも》ひとつでゆるく縛っていて、乱れた裾よりはだけた片方の脚を折り曲げ、片方はまっすぐに投げ出していた。

はだけた脚の裏側に、紫色の大小の斑点《はんてん》がいっぱい染みついていた。

むくろが横たわる寝床は、掛布団も敷布団も上等な絹布《けんぷ》仕立てで、乱雑にめくれ上がった掛布団は赤や黄、橙《だいだい》などの大きな紅葉《もみじ》をちりばめた鏡布団になっていた。

天井もなく、梁《はり》が屋根裏を支え、黄ばんだ琉球畳《りゆうきゆう》の陋屋《ろうおく》だった。

そんな陋屋に不似合いな高価な寝床に思われた。

当番と家主は袖で鼻を覆った恰好《かつこう》のまま戸口に立ちすくんで、龍平と寛一を見守っていた。龍平は手拭《てぬぐい》を懐《ふところ》から出し、入り口へ、

「誰かむくろに手を触れたか」

と声をかけながら、鼻と口に覆面をつけた。

「いえ。今朝方、仏さんを見つけたときのままでございます」

家主が神妙にこたえた。

「そこに立たれると光を遮る。すまないが外で待っていてくれ。訊きたいことがあれば呼ぶ」

当番と家主は小腰を小さく折って、戸口から離れた。

むくろを挟んで立った寛一が、龍平を真似《まね》て手拭を覆面にした。

「この臭いは堪《たま》らないからな」

龍平はくぐもった声で寛一に言った。

「いいだろう。寛一」

龍平と寛一はむくろを見下ろし向き合って合掌《がっしょう》すると、両側からかがんだ。龍平は朱房の十手を抜き、寛一は手控《てびかえ》帖《ちょう》と腰に下げた筆筒《ふでづつ》から出した筆を手にしていた。

龍平は襦袢の帯をとき、両方へ開けた。

湯文字《ゆもじ》や足袋は着けておらず、まったくの全裸が、かえっていっそう操り人形を思わせた。

襦袢の汚れで失禁《しっきん》や脱糞《だっぷん》の乾いた跡が認められた。

龍平は十手を傍らへおき、両手の指で顔を挟み動かした。

横へ向いたむくろの首が豆腐みたいにやわらかだった。

喉《のど》のあたりに指先の跡が、薄《うっす》らとした黒色を残している。

指の痕跡《こんせき》に自分の掌をあてて大きさを確かめた。

「この大きさは男の指だな」

十手をとり、もう一度、痕跡の大よその寸法を計った。

十手は一尺五寸（約四五センチ）ほどである。捕物の武具ばかりでなく、様々な検視の折りの寸法などを把握するのにも使う道具である。

「手の大きさは、長さがおよそ六寸（約一八センチ）弱。たぶんこれが、親指の跡だとすると、右手だ。右手一本で絞めたのか」

龍平の呟《つぶや》きを寛一は手控帖に記していく。

「けっこうな力だ。ほかに疵《きず》や跡があるかないか……」

龍平がむくろの肩を上げて背中をのぞくと、足の裏側にあった斑点が気色悪く背中にも臀部《でんぶ》にも紫色の虫のように広がっていた。

「うう……」

さすがに寛一がうめいて怯《ひる》んだ。

かまわず龍平はむくろの隅々《すみずみ》まで検視した。

疵や暴行を思わせる痣《あざ》などはどこにもなく、ただ土色でも白粉《おしろい》を塗ったと思われる顔は色が薄く、唇や眼の縁《ふち》に斑点が浮いているのがわかった。

むくろと周囲のどこにも疵や、血痕は見あたらなかった。

「男が右手一本で女の首を、こうねじ曲げるように絞めた。それも相当な力だった。首の骨が折れている」

龍平は女の下腹部を丹念に調べ、

「見ろ、男と戯《たわむ》れたあとが残っている」

と、寛一へ顔を向けた。それから部屋を訝しげに見廻した。

しみのついた枕行灯《まくらあんどん》があり、小さな陶《とう》の火鉢、壁ぎわの衣紋掛《えもんかけ》に縞の小袖がだらしなく垂れ下がっていた。箱枕がひとつに、枕屛風《びょうぶ》が倒れていたが、障子に破れもなく部屋はほとんど荒らされてはいなかった。

「じゃあ、やっぱり、殺しですか」

寛一が覆面の上の目をしばたたかせて訊いた。

「間違いない。だが、たぶん女はあまり苦しんだり争ったりはしなかっただろう。あっという間に殺された。寛一、そちら側を細かく見ろ。何か落ちていないか、何かの跡が残っていないか。こちら側はわたしが探す」

龍平と寛一は、畳から土間まで四つん這《ば》いに這ったが、手がかりになりそうな物は何も見つからなかった。


手拭の覆面をはずし路地へ出ると、当番と家主が隣の住まいの腰高障子《こしだかしょうじ》の前で待っていた。

「女と妹がここも借りていたのか」

「はい。今朝方まで、ちょいと留守にしているとばかり思っておりました。むろん、ここも誰も触っておりません。姉の亡骸が見つかりましてから、お役人さまが江戸から見え、お調べがあるのだから指一本触れてはならんぞと、住人には厳重に伝えておきました」

その住まいは隣と同じ九尺二間の陋屋である。裏手の板戸が二尺（約六〇センチ）ほどの幅で開いたままになっていて、店の様子がわかるほどの明かりが板戸の間から差しこんでいた。

だが、中の様子は奥隣とはまるで違っていた。

土間に女物の履物がひとつ残っていた。奥隣の土間に残っていた草履より小さく、妹の履物と思われた。

釜や水瓶、様々な食器に鍋や笊や桶、味噌《みそ》や醬油《しょうゆ》、酒の壺、箒《ほうき》に唐傘《からかさ》、提灯《ちょうちん》などの暮らしの道具に、四畳半には枕屛風の囲いに重ねた二組の布団、火鉢に行灯、籐《とう》の行李《こうり》、小簞笥《こだんす》、茶簞笥、米が半分ほども残った米櫃《こめびつ》が並んでいた。

そして何よりも、反対側の壁ぎわに化粧道具の箱があり、衣紋掛には様々な紋様と色とりどりの小袖や、奥女中がまとうような打掛《うちかけ》ふうの着物がかけ並べられ、中には尼《あま》の着る墨染《すみぞめ》の衣まであった。

乱雑ではあっても、荒らされているふうではなかった。

「裏の板戸が開いているのは、姉の死体を見つけたときのままなのだな」

「はい。誰も触っていないはずでございます」

と、家主が小腰をかがめた。

龍平が土間から上がり、寛一が続いた。

陶の火鉢に灰になった炭の跡があり、五徳《ごとく》に薬缶《やかん》が架《か》かっていた。

そうして火鉢のそばに白湯《さゆ》を飲み残したと思われる茶碗と、漏斗《じょうご》状の紙袋にわずかな豆が入っていた。

「これは大納言小豆《だいなごんあずき》だな」

龍平は紙袋を手にとって言った。

「あ？　そうですね。金ちゃんあまあい、と売り声をあげて行商が売りにくる豆菓子です。おふくろが大納言小豆を、妙に好きなんですよ」

寛一が笑ってこたえた。

「妹か、姉の食べ残しか。寛一、行灯に油は残っているか」

寛一が傍らの行灯をのぞき、

「いえ、油は残っていません。燃えつきております」

と、龍平へ見かえった。

「これは？」

龍平は行灯の下に投げ捨てられた本を手にとった。

寛一が傍らからのぞきこんだ。

「滑稽本《こっけいぼん》だな……」

本をめくると、滑稽な絵に文字が書きつらねてある。

「あ、これ、見たことがあります」

寛一が言った。

「式亭三馬《しきていさんば》の『浮世床《うきよどこ》』だ。たぶん、姉が読んでいたものだろう」

十三歳の妹には、まだ早すぎるように思われた。

龍平は行灯の下に、滑稽本を戻した。

あらためて店中を見廻し、ここには姉と妹の暮らしの匂いがあると考えた。

土間に妹のものと思われる履物がひとつ。火鉢に薬缶が架かり、炭が白い灰になっている。火鉢の傍らには、白湯の飲みさしの茶碗と大納言小豆の紙袋、そして油の残っていない行灯である。

「なるほど……」

龍平の脳裡《のうり》に推量が浮かんでは消えた。

龍平と寛一は裏手の板戸の間から外へ顔を出した。

濡れ縁があり、裏手はやはり丘陵地の斜面に草むらが覆っていた。

しかし、奥隣ほどではなく、斜面の上に何かの青物の畑が見えた。

反対隣の濡れ縁がある裏手を通り抜け、この角兵衛店の南側に開ける畑地へ出ることができそうだった。裏店の南側は町はずれの畑がつらなり、十二社のある角筈村の畑地へと続いている。

「この裏手を通って、人の出入りができなくもないのだな」

龍平は斜面が下った先の、日差しの下の畑地へ目を投げた。

「そうですね。盗人《ぬすっと》がここから入った、とか。けど、このぼろ家に盗人が入りますかね……」

寛一がささやき声で言った。

「寛一、どこかに金が残っているかもしれない。金が残っていれば、物盗り強盗の類《たぐい》の殺しではない」

と、龍平が当番と家主へ向いた。

「するとなんでございますか。お千紗はやはり、殺されたのでございますか」

「あんた方の懸念しているとおり、妹の身が心配だ」

「妹は、まだまだ子供でございました。もしものことがあったら、可哀想《かわいそう》なことでございますよ」

「隣の土間に殺された姉のものらしい履物が残されていた。こちらの土間には妹のものらしき草履が残っている。履物はほかにもあるかもしれないが、妹は裸足《はだし》で連れ去られ、もしかしたら別の場所で……」

家主が眉《まゆ》をひそめ、家の中へ顔を廻らせた。

狭い住まいの家探しは、四半刻もかからなかった。十数両と銀貨や銅貨が見つかった。小判と一分金は屋根裏と梁の隙間《すきま》に、銀貨は箱枕の中に、少額の銀貨と銅貨は小簞笥と壁の隙間に、と用心して分けてあった。

だが、金目あてに家探しすればいずれもすぐにわかる隠し場所だ。

「どうやらお千紗殺しは、物盗り強盗の類ではなさそうだ」

龍平は言い、

「それにしても、この陋屋に住む姉妹の蓄《たくわ》えにしては額が大きいな」

と、土間の家主の方へ顔を向けた。

「角兵衛さん」

家主を呼んだ。

「咎《とが》める気はない。ありのままに話してくれ。姉のお千紗は客をとっていたのだな。もしかして、十《とお》を二つ三つすぎたくらいの妹のお久仁が、姉のために表通りで客引きをしていたのではないか」

角兵衛は尖《とが》った両肩の間へ、五十代の顔をめりこませた。

「この部屋に布団が二組ある。そろいの二つの碗もある。二人はここで寝起きしていた。客がくればお千紗が隣で客の相手をする。そのために二軒ともに借りていた。そうだろう？　お千紗とお久仁は本当の姉妹なのか」

ぶふ――と、角兵衛は鼻息をもらした。

「あり体《てい》に申せば、そういうことでございます。そういう女が江戸からこの町に流れてくるのは珍しくはございません。二人が本当の姉妹かどうか、そこまではわかりかねますが」

「妹はどこで客引きをしていた」

「昼間は、淀橋で妙法寺参詣の戻り客によく声をかけているようでございました。夜更《よふ》けは成子坂の石地蔵のそばなどで、もっぱら……」

「商売は繁盛《はんじょう》していたのか」

「まあまあ客はついていたようでございます。お千紗は男好きのする、身のこなしに堪らなく艶《なま》めいた様子のある女でございました。お千紗姉さんと遊んだらみんな馴染《なじ》みになるんだよ、とお久仁から以前聞いた覚えがございます。でも変なお客はお千紗姉さんはとらないよ、とも」

「選《え》り好《ごの》みができるほど繁盛していたのか。ここらへんの地廻りとかやくざに嚇《おど》され、金をたかられていたとか、そういう噂は聞いていないか」

「それは、覚えがございません。客引きのお久仁は気の利《き》いたすばしっこい子供でございました。それに、可愛《かわい》い顔をしておりましてね。どこへ消えたのやら、あの子の方が心配なことでございます……」

「伊左衛門さんもお千紗の商売は知っていたのだろう」

「角兵衛さんの裏店に商売女が姉妹で住んでいる評判は聞いておりました。ただ角兵衛さんの言うとおり珍しい話ではございませんので、確かめてはおりません。詳しくは存じませんでした。ですから誰ぞに嚇されていたやら何やら、そういう噂も一向に」

知るはずがございませんよ——とでも言いたげに、伊左衛門は殊勝《しゆしよう》に頭《こうべ》を小さく垂れた。

「しかしお千紗は殺された。やはり人知れず、もめ事や厄介《やつかい》な事情を抱えていたのかもしれないな。お千紗の亡骸を見つけたのは、誰だ」

「見つけたのはわたくしと、こちらの隣に住んでおります人足《にんそく》の増造《ますぞう》という者でございます」

三軒の割長屋の、井戸に近い方である。

「今朝ほど、夜も明けぬうちに増造がわたしどもの家へまいりまして、昨夜から変な臭いがする、どうも隣の様子がおかしい、調べてくれと申しました。きてみますと確かに、いやな臭いが路地の奥から流れてくるではございませんか。お千紗とお久仁は留守らしいと聞きましたので、板戸を開けてみたところ、あのとおりの次第でございました」

「増造に事情を訊きたい。どこにいる」

「はい。今おるはずでございます。仕事は新宿の継ぎ立て問屋の人足をしております。今日はお役人さまに事情を話すまで出かけてはならんぞと、申しておきましたので。呼んでまいります」

継ぎ立て問屋とは、宿駅において伝馬《てんま》や人夫を継ぎかえる問屋場業務である。

「ふむ。増造の話は自身番で訊く。自身番に呼んでくれ。それと、お千紗とお久仁姉妹の評判や日ごろの暮らしぶりも知りたい。二人が親しく近所づき合いをしていた住人がいるだろう。その住人も一緒に頼む。それから、この店と隣の店は調べがつくまでこのままにしておくように」

「承知いたしました。ですが、お千紗の亡骸《なきがら》はいかがいたせば……」

「埋葬にかかってけっこうだ」

そう言って外へ出た。

井戸端に長屋のおかみさんが数人と子供らが寄り集まって、路地に出た龍平らの様子をうかがっていた。

終わったみたいだよ、やっぱり殺されたのかね、とおかみさんらのささやき合う声にまじって、どこかの店の赤ん坊の泣き声が聞こえた。

「増造、いるかい。御番所のお調べだよ、増造」

龍平の背後で、家主の角兵衛が増造の店の腰高障子を叩《たた》いた。

三

角筈横町の角地にある組合の自身番に、増造と四人のおかみさんが角兵衛にともなわれて姿を現した。

おかみさんのひとりは、ねんねこで赤ん坊をおんぶしていた。

菜実をおんぶして家事仕事をしている妻の麻奈の姿が、束《つか》の間よぎった。

麻奈よりも幼い顔つきの母親だった。

増造は紺の腹掛《はらがけ》に布子の半纏《はんてん》が寒そうな、四十になるかならないかの痩《や》せた男だった。

「お千紗とお久仁は、隣同士だから名前は知っておりやすし、道で遇《あ》ったら挨拶ぐらいは交わしやす。ですが親しかったわけじゃありやせん。特にお千紗の方は家からめったに出てこなかったもんで。ちびのお久仁が飯炊きやら洗濯やらをやっておりやした。お千紗が稼《かせ》いで、お久仁が家事仕事、と分けていたんでしょう。お久仁の方は井戸端なんぞでとき折り見かけやした」

増造は両手を膝《ひざ》の上でもみしだきながら、日焼けした顔の薄い眉の間に縦じわを寄せ、話の合い間にとき折り鼻を、しゅんしゅん、と鳴らした。

「けど、姉妹というのはちょっと怪しいと思いやす。あんまり似ていなかったし。夜更けに声が聞こえてきやしてね。いつもひそひそ声で、話しておりやした。ひそひそ声でも壁が薄いんで聞こえるんでやす。それを聞いた様子では、姉妹というより主人と使用人みたいな話しぶりでやした。お千紗があれこれ言うのをお久仁はただ、へえ、へえ、と聞いておりやしたから」

四人のおかみさんらは、もっともらしく増造の話に相槌《あいづち》を打った。

おかみさんらも、お久仁が表通りで客引きをし、お千紗が奥の店で接客しているのは当然知っており、そんな二人を姉妹とは思っていないふうだった。

「三日前の風の強い日でやした」

増造の話が続いた。

「あの日は仕事が早くすんで、明るいうちに戻ってきやしたら、店の曲がり角でお久仁と鉢合わせし、よう、と声をかけやした。向こうも軽く会釈《えしゃく》をかえしてすれ違っていき、そのときはこれから客引きか、と思っただけでやす。お久仁とはいつもそんな具合で。お千紗ときた日にゃあ、ふん、とすまして頷きもしねえ。それはいいとして、お久仁を見たのはそのときが最後でやす」

それから夕暮れ、新宿の天龍寺《てんりゅうじ》の鐘が暮れ六ツ（午後六時頃）を報《しら》せてから、だいぶたったころだった。

風が夜空に獣のようにうなって、裏の斜面の林を騒がせていた。

増造は寒さしのぎの寝酒を呑《の》んで床に入ったが、風の音がうるさくてなかなか寝つけなかった。

「……どぶ板の鳴る音がしやしてね。確か、雪駄でやした。風の音にまぎれながら、だらだらと雪駄がどぶ板に鳴るのが聞こえやした。ちらと、お千紗と男の言い交わす声が聞こえたもんで、ああ、客がきたんだな、と思い、あっしはそのまんま寝てしまいやした。いえ。何を話していたか、そこまでは聞きとれやせん。値段の交渉でもしていたんじゃねえんですか」

そして翌日の一昨日《おととい》、昨日《きのう》と、増造はお千紗とお久仁のどちらも見かけず、声も聞かなかった。

その臭いがたち始めたのは、昨日の夕刻あたりだった。

朝暗いうちに、臭いで増造は目が覚めた。

昨夜の臭気がひどくなっている気がした。

さすがにこれはおかしいと思い、家主の角兵衛の家の戸を叩いた。

「表の板戸は丸二日、二軒ともに閉じられたままでやした。ただ、角兵衛さんと奥の店でお千紗のむくろを見つけ、大変だ大変だと隣の店を見やすと、お久仁の姿は見えず、裏手の障子は閉まっていたものの、板戸が二尺ぐらい開いておりやした。こりゃあもしかしたら裏から賊が押し入ってお久仁の身にも何かあったんじゃねえかと怪しみ、こちらの番所へ届けたわけで……」

自身番の町役人に経緯《いきさつ》を話したところ、これはただ事ではない、町奉行所のお調べを願わなければ、ということになった。

しかし増造は、お千紗とお久仁の素性《すじょう》や、成子町へ流れてくるまでの経緯はまったく知らなかった。

「お千紗お久仁姉妹との近所づき合いの様子を聞かせてくれ」

龍平は四人のおかみさんへ、向き直った。

「近所づき合いと言いましてもね、増造さんと同じで、お千紗さんと顔を合わせたら声はかけるんですけど、素っ気なくてあまり話したがらないみたいでした。いつ見ても綺麗にお化粧をして、着ている物も違っていましたから、あたしらも話しにくかったんです。ねえ……」

「でも、お久仁ちゃんとは井戸端で洗濯をしながら、近ごろは物の値が上がって暮らしが大変だとか、世間話はよくしました。お久仁ちゃんは気さくないい子で。年は十三歳と言ってませた口ぶりでしたけど、十三歳にしては顔だちが幼かったよね。目鼻だちのはっきりした可愛らしい子だったね」

そうそう可愛らしい子だった、とおかみさんたちは言い合った。

「お久仁ちゃんから、お千紗姉さんは二十六と聞きました。あの人たちの稼ぎのことは触れないようにしていたんです。前は江戸の深川《ふかがわ》と言ってましたた」

「深川のどこか、わかるかい」

「いえ。深川のどこかまでは聞きませんでした」

「ああいう女の人が成子町の裏店で隠れるみたいに暮らしているのは、きっと何かわけありなのは察しがつきますから、それ以上訊くのは、こちらも気が引けるんです」

「じつはあたし、一度お久仁ちゃんに言ってやったんです。気を悪くしないでね、ここはあんたらのような人が住むところじゃないよってね。そしたらお久仁ちゃん、ごめんねおばさん、迷惑かけてって言ったんです。あたし、可哀想になってさ、それ以上は言えなかったよ」

と、あとは隣のおかみさんに言った。

そのとき、年若い母親の背中の赤ん坊がむずかって、細い泣き声をたて始めた。泣き声に元気がなかった。乳の出が悪いのかもしれなかった。

母親はむずかる赤ん坊を下ろし、乳をやりに自身番の外へ出ようとした。

日差しはあるが、外は寒い。

自身番の中は、鉄の火鉢に炭火が熾《おこ》って暖かだった。

「外は寒い。乳なら隅でやったらいい」

龍平は若い母親の様子を気遣った。

「お萱《すげ》さん、そうさせてもらいな」

隣のおかみさんが手伝い、お萱という若い母親は三人のおかみさんの後ろで背中を向け、赤ん坊に乳をやり始めた。

後ろ向きのお萱の丸い頰《ほお》がわずかに見え、赤ん坊に優しく笑いかけているのが見えた。赤ん坊の細い泣き声はすぐに止まった。

「あたしらも貧乏人だからわかるんです。人はみなお互いさまだって。女の身ひとつで生きていくのは大変なんです。どんなことをしてでも稼がなきゃあ、生きていけませんから。お千紗さんとお久仁ちゃんが何をしていようと、傍《はた》からとやかく言えることとなんてありませんよ」

おかみさんのひとりが、言い添えた。

「お千紗、お久仁、ふたりの生国はどこか、あんたら、聞いていないか」

龍平はおかみさんらを見廻し、増造、家主の角兵衛へと目を移した。

みなは顔を見合わせたり、小首をかしげたりした。

「二人とも、自分の素性を隠していた素ぶりだったものね」

「そうだったね。角兵衛さん、聞いていないんですか」

「うん。そのうちに、と思っていたもんだから」

角兵衛がへの字に結んだ唇の間から、ぼそと声を出した。

「みな、わけありですもんね」

おかみさんのひとりが言ったとき、お萱が赤ん坊から顔を上げ、丸い鼻の幼い横顔を見せた。そして、

「あの、お千紗さんの生国は越ヶ谷《こしや》だと思います」

と、赤ん坊の泣き声と同じくらいか細い声で言った。

みながお萱の方を向いた。

「おや、お萱さん知ってるの」

お萱の横顔がゆれるように頷いた。

「お久仁ちゃんは知りませんけど、お千紗さんとはときどき話しました。可愛い赤ん坊だね、幾月だいって、お千紗さんから話しかけてきたんです。たぶん、年が同じくらいだから、話しやすかったんだと思います。越ヶ谷宿に年老いた両親がいて、両親を泣かせちまったって、笑って言ったことがありました」

奥州《おうしゆう》街道越ヶ谷宿だ——と、龍平は寛一へ向いて言い、寛一はこくりと頷いて手控帖に記した。

「お千紗さんは本当に綺麗で、肌がつやつやと真っ白な、女のあたしから見てもうっとりするくらい色気のある人でした。長屋の近所づき合いを好まなかったふうなのに、あたしには心安くて、案外に、大店のお嬢さん育ちみたいに根はおっとりした気だての人でした。見る目がないばっかりに男に苦労させられて、親を散々泣かせたばちがあたったのさって、笑って言うんです」

「お萱さん、そいつがどんな男か、訊いたのかい」

と、おかみさんのひとりが言い、お萱は横顔を左右にふった。

「ですけど、手間取りの瓦《かわら》職人のうちの人の話になって、稼ぎがなくて優しいだけがとり柄《え》の人ですって言ったら、優しい男が一番だよ、幾ら稼ぎがあっても女に手を上げる男はどうしようもない屑《くず》だよって、いつも笑顔なのにそのときはつらそうな顔をして言ったんです」

「へえ。あのお千紗さんがつらそうな顔をしてね……」

また別のおかみさんが繰りかえした。

「そうなんです。だからあたし、お千紗さんの前のご亭主はちょっと乱暴な人で、もしかしたらお千紗さんは、そのご亭主から逃げてきたんじゃないかな、だからこの裏店に身を隠しているんじゃないかなって、思いました。もしそうなら、こんなことになってお千紗さんが可哀想で……」

お萱の言葉が、小さく心細そうに途ぎれた。

龍平はお萱の横顔から目が離せなかった。

腕組みをして気を落ち着かせた。

越ヶ谷宿の女が、前は江戸の深川のどこかにいて、誰かから逃れるために成子町へ流れてきて、成子坂の貧しい角兵衛店に身を隠して暮らしていた。

その女が三日ほど前、何者かに殺された。

女を殺した何者かは、もしかしたら、女に手を上げるどうしようもない屑の前の亭主なのか。

見る目がないばっかりに男に苦労し、ついには貧しい裏店で身を嬲客に売って暮らしの方便《たつき》にする境遇に落ちた挙句《あげく》の末路《まつろ》、なのかもしれない。

龍平はお千紗の前が気になった。

「それから、あの、お役人さま……」

と、お萱が言った。

「お千紗さんのことをもっとお知りになりたいのなら、八十次《やそじ》という人をお訪ねになれば、何かわかるかもしれません」

「ほお、八十次という男を？」

「はい。ここら辺では名の知れた人で、厄介なことが起こったらいつでも力になると言ってたお千紗さんの馴染みのお客さんらしいです。八十次さんのひいきがあるお陰でこの裏店で心安く商売ができるし、いろいろ相談にも乗ってくれると、お千紗さんから聞いたことがあります」

「誰だい？」

「ほら、《兵庫屋《ひょうごや》》の倅じゃないかい」

「ああ、あのやくざの……そう言えば以前、近所でうろうろしていたのを見かけたことがあるね」

おかみさんたちが言い合った。

龍平は角兵衛へ向いた。

「角兵衛さんは、八十次を知っているかね」

「存じております。今申しました兵庫屋という淀橋町の水茶屋の亭主で、じつは近在の賭場《とば》を牛耳《ぎゅうじ》る三五郎《さんごろう》という貸元《かしもと》がおり、その倅でございます。父親ほど度《ど》胸《きょう》はありませんが、やくざの倅にしては存外、気のいい男でございまして……八十次がお千紗の馴染み客だったのかい」

お萱が横顔を角兵衛へ頷かせた。

角筈横町から成木街道を西へほぼ一町ばかり、淀橋町は南北両側に出茶屋や料理茶屋に土産物屋、堀之内村の妙法寺参詣客目あての売薬店などが茅葺《かやぶき》屋根をつらねる繁華《はんか》な土地柄である。

淀橋町を抜けて、中野村の坂上へのぼっていく街道が見えた。

町の西方に井之頭寄りの流れに、長さ十間（約一八メートル）幅二間（約三・六メートル）の淀橋が架かっており、兵庫屋は淀橋の少し手前の道を十二社の方へ折れてすぐに見つかった。

飯盛《めしもり》のいる旅籠のような二階家で、そこも屋根は茅葺だった。

昼の明るいうちから早《は》や客が入っていて、女の嬌声《きょうせい》やら管弦《かんげん》の騒がしさが道にまで聞こえた。

「お天とさまがまだ高いのに、ずいぶん賑《にぎ》やかですね」

寛一がちょっと呆《あき》れた口ぶりで言った。

八十次は青白い顔色に頬がこけ、顎《あご》の尖った険しい顔つきの男だったが、話をしている間中、江戸からきた町方の定服が珍しいのか、にたにた笑いを絶やさなかった。

むろん、角兵衛店のお千紗の一件は伝わっていた。ぞんざいな話しぶりで、

「ああ、お千紗には目をかけてやった。いろいろ苦労をして、おらしか頼りになる男がいねえと言うしよ」

と、町方の龍平にためらいを見せなかった。

「心細い女の身ひとつ、頼りがなくちゃあ可哀想じゃねえか。あんな商売だ。客とどんなもめ事が起こるかわからねえ。もめ事が起こったら、おらの名を出せ。それで埒《らち》があかなかったら、おらが出ていってやるでよってな」

二階の女の嬌声と客の喚《わめ》き声や笑い声、ひっきりなしにかき鳴らされる管弦の音が馬鹿に賑やかに聞こえている。その賑わいと八十次のぞんざいな話しぶりが、なんとはなしに似合っていた。

閉めきった障子の外は庭らしく、庭の木影が障子に映っていた。

「お千紗の前は深川の三間町《さんげん》だと思う。瓢簞《ひょうたん》堀の見える店だったとお千紗は言ってた。お役人さん、瓢簞堀がわかるかい」

瓢簞堀は竪川《たてかわ》と小名《おな》木《ぎ》川を南北に結ぶ六間《ろっけん》堀を、森下《もりした》町北組から東側へ分流する川幅五間の堀である。

「ふうん、五間堀と言うのか。さすがお役人さん、江戸の人だな」

八十次はにたにた笑いのまま、妙に感心した。

「お千紗の前が三間町という以外、詳しい話は聞いてねえ。お千紗の前なんぞどうでもいいんだ。すぎたことをとやかく詮索《せんさく》する、おらそんなしみったれた男じゃねえ。こう言っちゃあなんだが、おら、お千紗を嫁っ子にしてもええなと思ってた。おっ父《とう》とおっ母《かあ》がどう言おうと口出しなんぞさせねえ。あんな商売早くやめさせて、おらの女房にして可愛がってやるつもりだったでよ」

それがよ――と、八十次はにたにた笑いを消し、情けなさそうに尖った顎を歪めた。

「おら、心配してたんだ。あんな商売だから、中には物騒な客もいるのに違《ちげ》えねえし。さっさとやめてうちへこねえかとすすめたが、踏んぎりがつかなかったみたいでよ。汚れたあたしを今さら女房に、なんぞと遠慮してやがった。おらがいいって言うんだから気にしなくてよかったんだ。こんなことになっちまって、だから言わんこっちゃねえ。可哀想によお」

そして、ぞんざいな話しぶりながら、だんだん目を潤《うる》ませ始めた。

「お千紗の生国が越ヶ谷宿かどうかは聞いちゃいねえ。そうだな。ずっとずっと昔、初めて惚《ほ》れた男が博奕《ばくち》打ちで、そいつと駆け落ちして江戸へ逃げてきたと言ってたっけな。初めて惚れた男がおらに似てるって言うんだ」

やがて、ひと筋の涙を伝わらせた。

「ああ見えて、お千紗は気だてがいいんだ。馬鹿みてえによ。傍から見りゃあ浮気な女と人は言うが、傍からなんぞじゃなくてまっすぐ見りゃあ、お千紗の真《まこと》の気だてはそうじゃねえことがわかるんだ。お千紗は、ちょいと情が動いたらすぐ男に惚れちまいやがる。本当は情の深い女なんだ」

八十次は顔を伏せ、涙をぬぐった。

涙をぬぐいながら、首を横に弱々しくふった。

「お久仁は表向きは妹と言っているが、お千紗と血のつながった妹じゃねえ。身寄りのないどっかの娘っ子だ。すばしっこくて、人なつっこくてな。おら、お千紗を女房にしたら、お久仁も一緒に引きとって、妹分として養ってやるつもりだったんだぜ。お久仁も、もしかしたら今ごろは」

それから不意に思いついたみたいに、

「そうだ……」

と、龍平へ顔を戻した。

「深川の元町《もとまち》に十吉《じゆうきち》という男がいる。十吉はおっ父にも家で働く女を世話してる女衒《ぜげん》だ。お千紗が成子町へ越してきたとき、わけありの身寄りのない女だから気にかけてやってほしいと、初めはおら、十吉に頼まれたんだ。十吉が知ってるはずだ。お千紗が前は三間町のどこにいてどんな暮らしをしていたかな。ほかにも何かわかることが、いろいろあると思うぜ」

そう言って、八十次は険しい顔つきを庭の木影を映す障子へ向け、ふうっ、と溜息《ためいき》をもらした。

「お役人さん。お千紗を殺したやつがわかったら、おらにも教えてくれろ。おら、そいつを八つ裂きにしてお千紗が成仏《じようぶつ》できるよう、仇《あだ》を討ってやる」

二階の管弦の賑やかさは続いていた。

四

龍平と寛一は四谷伝馬町へ戻り、濠の向こうに四谷御門の見える一膳飯屋で遅い昼飯をとった。

「食べ終わったら深川まで船でいく」

「へい。深川の元町、それから三間町へ」

「そうだ。でな、寛一は昌平橋《しょうへいばし》から梅宮へ戻り、夕刻、宮三親分と《桔梗《ききょう》》へきてくれ。久しぶりに三人で呑もう。わたしは深川からいったん奉行所へ戻らなければならないから、遅くはならないつもりだが、親分と先にやっていてくれ」

「承知しました。宮三親分に、仕事の話ですね」

どんぶり飯をかきこみつつ、寛一が言った。

寛一は宮三の倅だが、龍平の手先を務めるときはお父っつあんではなく、宮三親分と呼んでいる。

「そうなる」

寛一にこたえた半刻（約一時間）あまりのち、龍平は深川六間堀に架かる猿子《さるこ》橋の河岸場で船を下りた。

東元町《ひがしもとまち》の自身番で女衒の十吉の住まいを訊《たず》ねると、小名木川の高《たか》橋ぎわから元町というよりその南隣、常盤《ときわ》町の裏路地に十吉の裏店はあった。

小ざっぱりした二階家だった。鉄漿の女房が応対に出て、

「亭主はただ今髪結《かみゆい》にいっており、ほどなく戻ってまいりやすので、どうぞお上がりなすってお待ちくださいやし」

と、四つ目垣で囲った猫の額ほどの小庭のある四畳半へ上げた。

部屋は火鉢に火が熾り、茶と煙草《たばこ》盆が出た。

相応の年だが、化粧の濃い仕種の艶《つや》っぽい女房だった。

ほどなく、四十代半ばすぎの年配と思われる十吉が戻ってきた。

小太りの日焼けした顔に疣《いぼ》が眉のあたりに目だって、商売柄か、背丈は低くとも不敵な風貌《ふうぼう》に見えた。

「ええっ？　お千紗が、こ、殺されたあ？」

十吉は思わず高い声になり、すぐに畏《かしこ》まった。

「すいやせん。突然のことで驚いたもんで。そうか、お千紗が。旦那、事情をお訊ねしてもよろしゅうございやすか」

「かまわないが、それを調べるために十吉さんを訪ねてきたんだ。成子町の角兵衛店でお千紗の亡骸《なきがら》を調べ、周辺の訊きこみをした。だが、こっちも今はまだ詳しい経緯は何もつかんではいない。お千紗の生業《なりわい》は、言うまでもなくわかっているな」

「へえ。そりゃあもう……」

「一昨昨日《さきおととい》の三日ほど前の夜、お千紗が客らしき男と話している声を近所の者が聞いていたのを最後に、姿が見えなかった。一緒に暮らしていたお久仁という妹がいて、そのお久仁も見えなかったため、あまり近所づき合いもないし、住人は姉妹でどこかへ出かけたと思っていた。そしたら昨夜あたりから臭いが裏店に流れ始めたのだ」

「じゃあ、ま、まさか、お久仁も一緒に？」

「お久仁の姿は見あたらない。お久仁もどこかで、と考えられなくはないし、無事なら姿を消さなければならない事情があったのかもな」

「お久仁は、あの子はお千紗の本当の妹じゃねえんです」

十吉は煙管《キセル》をとり出し、煙草を吹かした。

「お千紗は五間堀の三間町で客をとっていたのだな。お久仁が客引きをしていた。成子町の角兵衛店ではそうだった」

十吉は束の間考え、やおら言った。

「お千紗は三間町の裏店で比丘尼《びくに》女郎をやっておりやした。お役人さまは、比丘尼女郎はご存じでやすか」

「知っている。享保《きょうほう》のころのとり締まりで、そういう商売の女は姿を消したと聞いたが」

「比丘尼の中宿《なかやど》があって、中宿頭の差配する比丘尼女郎は確かに姿を消しやした。ですが絵解きや小歌で門付《かどづけ》をして廻り、銭の折り合いさえつけば客に奉仕する比丘尼女郎はそれからもおりやした。裏店に葭簀《よしず》を廻らして軒《のき》に燈明《とうみょう》を吊るし、お香《こう》を焚《た》きしめた比丘尼の拵えで客を迎える、そういうやり方もありやした。どちらもひとりか、せいぜいが二、三人でこっそりとでやすが」

龍平は頷いた。

「ですがさすがに、そう、文化《ぶんか》の世になったころにはすっかり姿を消していたんでやす。ところが、五年近く前になりやしょうか。三間町の裏店で色っぽい比丘尼が客をとっている噂が流れたとき、あっしらの仲間うちで、比丘尼女郎が今もいるのかい、とちょいと評判になったことがありやした」

十吉は煙管を灰吹《はいふ》きへ軽くあて、吸殻を落とした。

「噂が流れてほどなく、その比丘尼女郎、つまりお千紗が、三間町で世話になることになった近所づき合いの顔つなぎに、とうちへも形ばかりの挨拶に現れたのが、あっしがお千紗を知った最初でやした」

「町内の世話役の十吉さんに、筋を通して挨拶にきたわけだな」

「あっしなんか、ここら辺の顔役の親分方とは一緒にはなりやせんが、町内の芸者衆や体張って世渡りをする女らとかかわりのある商売柄、何かと相談事に乗ったりするときもあって、挨拶廻りのついでに十吉のとこへも顔を出しておこうみてえな、そればかりのことでございますよ」

「すると、お千紗が三間町へくる前を十吉さんは知らないのか」

「ほとんど知りやせん。こっちが訊いても、お千紗は前の話はしたがりやせんでした。ただ、どこかは知りやせんが深川で暮らしていたらしく、もしかしたら前は堅気《かたぎ》だったのかもしれやせん。どういう形であれ深川で商売女をしていて、あっしらの耳に入らないなんてわけはありやせんからね」

「堅気、か……なら、五年ほど前、何か事情があって堅気暮らしをやめて三間町へ越してきたのだな」

「もしかしたら、ですよ。そうと限ったわけじゃありやせん」

そうそう――と、十吉は思いついたみたいに言った。

「お千紗が五年前に三間町で比丘尼女郎を始めたときは、まだお久仁は使っておりやせんでした。初めは、客引きの小比丘尼に十四、五の娘を使っていたのが、一年ばかりしてその娘がぷいといなくなったとかで、それから一、二ヵ月あとにまだちびっこかったお久仁が、生意気に小比丘尼の恰好をして、森下町の四つ辻あたりで客引きを始めたんでやす」

と、そこへ十吉の女房が亭主の茶を運んできた。

十吉は火の消えた煙管を手にしたなり、女房に言った。

「お千紗が死んだぜ」

「ええっ、お千紗さんて、成子町の？」

「そうだよ。二年前まで三間町で比丘尼をやってたあのお千紗だよ」

「お千紗さんがどうして。何があったの」

「どうやら、殺されたらしい」

「殺されたって。いったい、だ、誰がお千紗さんを」

「まだわからねえよ。そのお調べでお役人さまがお見えなのさ」

まあ、恐いねえ――と、女房は驚いたというより、かなり好奇心をそそられた様子だった。

「まだ二年だから、お千紗さんは二十代の半《なか》ばごろだよね……」

女房は、亭主のそばに座りこんだ。

「ああ、確か二十五、六でやした」

十吉は女房にではなく、龍平へ見かえって言った。

「お千紗の比丘尼女郎の人気はどうだった」

「人気は高かったですね。ああいうご禁制の裏稼業だからお役人さまには言いづれえが、ひとりで隠れてやる客商売にしちゃあ、お千紗の比丘尼女郎には馴染みがだいぶついていたようでやす。客の中には町方のお役人なんかもいたって、噂を聞いたことがありやすぜ」

「町方役人？」

「噂です。ただのいい加減な噂で、本当のことは知りやせん」

と、苦笑を浮かべ、手にした煙管を左右にふって見せた。

「お千紗は頭を丸めやしてね。と言ったって出家したわけじゃありやせんぜ。墨染の衣もありやしたが、橙やら萌葱《もえぎ》やらの妙にけばけばした特別誂《あつら》えの比丘尼の拵えで、軒に葭簀を張り廻らし、むろん燈明を灯《とも》し戸口にお札を貼って、部屋には緋毛氈《ひもうせん》を敷きつめやしてね。眩暈《めまい》を覚えるばかりの香を炷いた中で経なんぞを唱《とな》えて客を酔わせるんです。ありゃあ、奇妙な気配だったなあ」

「色の白いきりっとした眼鼻だちの男好きのする人だったから、比丘尼の拵えが匂いたつみたいなぞくぞくする色気があってさ」

女房が傍らから言い添えた。

「そうだったな。門付もまれにやっておりやした。そういうときは歯の高い比丘尼足駄《あしだ》をからから鳴らしやしてね。お久仁に小比丘尼の恰好をさせて従えて門付をして廻っておりやした。なんと言いやすか……」

十吉はそこでまた煙管に煙草盆の火をつけた。

ひと息、大きく吹かして煙を天井へのぼらせた。

「仏になったお千紗を悪く言うんじゃねえんで、誤解しねえでくだせえよ。お千紗は、比丘尼女郎の殊《こと》さらに怪態《けたい》な恰好を好んでするような気性がありやした。客の前で比丘尼頭巾《ずきん》をとって、つるつるの坊主頭を見せて、まず経を唱えやしてね。それからいざ事が始まると、本気じゃねえかと思うくらい乱れに乱れるんだそうでやす。客商売があんなに本気になっちゃあ、身が持たねえと」

「あんた、よく知ってるじゃないか」

「人から聞いた評判だよ。変な気を廻すんじゃねえ」

十吉はもうひと吹き、煙管を吹かした。

「お千紗は越ヶ谷宿の生まれだそうだ。博奕打ちと駆け落ちし、親を捨て故郷を捨てて江戸へ出てきたらしい」

「へえ。お千紗が越ヶ谷宿というのは、あっしもちらっと聞いた覚えがありやす。けど、博奕打ちと駆け落ちしたってな話は今初めて知りやした。とにかく、三間町へ越してくる前のことをお千紗は話したがらなかったもんで」

「お久仁も越ヶ谷宿ではないのか」

「違うと思いやす。お久仁の国は、おめえ知ってるかい」

十吉は隣の女房に訊いた。

「知らないね。田舎から出てきた可哀想な子だから拾ってやったんだよと、お千紗さんは言ってましたが」

女房が龍平に言った。

「お千紗が成子町に越す世話をしたのが、十吉さんだったな」

「そうなんで。二年ばかり前、江戸を離れてよその土地で暮らしてえから、どこかいいところはねえか、けどあんまり寂しい土地は困ると突然訊かれ、それじゃあ成子町あたりはどうかと勧《すす》めやした。成子町には世話になっている親分衆もいるし、あっしが親分衆に頼めば商売もできなくはねえんで」

「商売ができていたのに、なぜ三間町を離れた。客商売の足を洗って別のあてがあるのならわかるが、お千紗は成子町でもお久仁を客引きに使って客商売を続けている。三間町を、江戸を離れたいわけは話さなかったのか」

「お千紗はわけを訊かないでくれって言ったんですよ。だから逆に、なんぞわけありなのは察しがつきやした。みんな、人には話せねえ事情をいろいろ抱えているもんですから、あっしもそれならいいよ、と訊ねやせんでした。たぶんお千紗みてえな女にはいろいろ起こるんだろうなって、あのときなんとなくそういう気がしやした」

「いろいろ起こって、とうとう殺されちまったんだね」

女房が言うと、十吉はちょっと不機嫌そうに言いかえした。

「気安く言うねえ。可哀想じゃねえか」

龍平の念頭に角兵衛店のお萱の話があった。

確かに十吉の言ういろいろの中には、お千紗が乱暴な誰かから逃げて成子町の角兵衛店に身を隠していた、というのも考えられた。

「お千紗の馴染みの中にすぐに乱暴を働く物騒《ぶっそう》な客、知り合いの男が乱暴を働いた出来事、あるいは誰かともめ事を抱えていたとか、お千紗の周りでそういう噂話を聞いた覚えはないか」

「乱暴を働く物騒な客や出来事、もめ事を抱えていた噂でやすか……」

十吉は腕組みをし、手にした煙管を指先でもてあそび目を泳がせた。

「なんて言いやすか、お千紗に馴染みの客がいたその数だけ、お千紗が嫉妬《しっと》にかられた客に打たれたとか、客同士が喧嘩になったとか、じつはお千紗を廻っては、その手のもめ事が始終《しじゅう》起こっていたんでやす。客商売なのに本気に乱れるお千紗に、てめえに惚れていると勝手に勘違いした客が起こす刃傷沙汰《にんじょうざた》なんぞもあったと、聞いてはいやす」

馬鹿な男が多くて――と、十吉は鼻先で笑った。

「どこのどいつかよくわからねえ客が始終出入りしていやしたし、どれもお役人さまのお手を煩わすほどの大事にはならなかったんで、お千紗の周りであんなことがこんなことがと話が伝わってくるたびに、またかい、懲《こ》りねえな、というぐらいにしか気にとめやせんでした。お千紗にはいろいろ起こるんだろうなって思ったのも、そういう日ごろの事情があったもんで……」

それから十吉は女房に訊いた。

「おめえはどうだい。女同士でお千紗が客ともめた話とかを、聞いちゃいないかい」

「知らないね。お千紗さんは女同士、というより男の人と一緒にいるのが楽しいという人みたいだったから。かえって女同士のつき合いは、少なかったんじゃないかい」

「そういう男の中で、お千紗が特に懇《ねんご》ろにしていた男の噂とかはどうだ」

と、龍平は女房に訊いた。

「お千紗さんは、特定の人では飽き足らなかったんじゃあないですかね。客商売をしていながら惚れっぽい人だから、男なら誰でもそのときだけは特定の人、みたいなね」

笑った女房の唇の間で、鉄漿が心なしか淫《みだ》らに光った。

「お千紗が成子町に越したのは、この辺ではみな知っているのか」

「それはありやせん。成子町を勧めたとき、人に訊かれたら教えていいのかいって訊いたら、ごめんなさい、誰にも教えないでくださいって、掌を合わせて言うんですよ。その折りはこいつも一緒でやした。ですからあっしら、誰にも話さねえから安心して暮らしなと、お千紗に言ってやったんです。なあ、そうだったよな」

「それは間違いありやせん。あたしらが人に話したせいでまたお千紗さんの周りでもめ事や刃傷沙汰でも起こったら、どんなに恨《うら》まれるかわかりゃしないじゃないですか。ただそのときはまさか、お千紗さんが殺されるなんて、思いもしやせんで。本当ですぜ」

「嘘《うそ》じゃありやせん。あっしら、お役人さまにたった今話したのが初めてなんで。本当ですぜ」

と、十吉がしつこく繰りかえした。

念のため、五間堀の見える三間町の裏店の家主に、二年前まで住んでいたお千紗とお久仁姉妹周辺の訊きこみをした。

しかし、家主から新しい手がかりになる話は聞けなかった。

ここでも家主は、お千紗やお久仁の仮人別すら作っていなかった。

「そのうちにとり寄せます、と言っておりましたもんで」

と、家主は弁解した。

だがそれからおよそ三年、三間町の裏店でお千紗は比丘尼女郎の客商売を続け、家主は言葉を濁《にご》したものの、そのうちを先のばしにしたままお千紗の客商売に見て見ぬふりをしたのだった。

裏店の住人も、お千紗とお久仁が成子町へ越してからの二年の間にすっかり入れ替わって、お千紗とお久仁姉妹を知っている住人はいなくなっていた。

ときは儚《はかな》くすぎていた。

龍平は堀に架かる伊勢《いせ》橋の西詰から、瓢簞堀と呼ばれる五間堀のお千紗も見ていたのに違いない水面《みなも》を眺めた。

町は夕暮れが近づいていた。

堀の両堤に町家は三間町の店があるばかりで、ほとんどが武家屋敷の土塀や板塀だった。本所とともにこの近辺は、小禄の御家人の屋敷が多い土地である。

三日前の夜、角兵衛店の隣の増造が聞いたお千紗の客らしき声の男が怪しいし、ぷっつりと姿を消したお久仁の安否も気遣われた。

だが今日一日の訊きこみで、成子町のお千紗殺しの一件は、まだ何もわからなかった。

どれもこれも、曖昧な事柄ばかりだった。

深読みする事情などなく、お千紗とゆきずりの客がもめて、客がかっとなってついお千紗に手をかけてしまった。案外それだけのことかもしれない。

龍平は五間堀の伊勢橋から森下町の四つ辻へとった。

四つ辻を西へすぎて、森下町から六間堀を六間堀町へ渡す北之橋《きたのはし》へ出たとき、西の夕焼け空が真っ赤に燃えていた。

五

「日暮……」

奉行所の表門を出る手前で呼び止められた。

同心詰所の方から、喜多野勇が雪駄を怠《だる》そうに鳴らしつつ近づいてきた。

夕闇《ゆうやみ》が喜多野のぼってりとした身体を薄墨《うすずみ》色に包んでいた。

「ああ、今朝ほどは……」

龍平は足を止め、曖昧に言ったが、かける言葉が思い浮かばなかった。

「うん」

喜多野は、何がうんなのかわからない返事をした。

喜多野の顔がだんだん近づいてくるにつれ、一重の小さな目や表情の見えない顔の頬や鼻の周りに、暴行を受けた跡が痛々しく残っていた。

分厚い唇には、血が固まった赤い疵跡が見えた。

「だいぶやられましたね」

龍平は感情を表に出さないように言った。

今朝、龍平の家の勝手でひと暴れしたあと、組頭の川浪や朋輩らに連行され、だいぶ折檻《せっかん》を受けたようだった。

「おめえのせいで、散々な目に遭わされた」

と、喜多野は疵ついた顔をゆるめた。

「おめえ、その日暮らしの雑用掛とからかわれているわりにゃあ、相当すばしこいじゃねえか。案外だったぜ。隠していやがったな」

喜多野が小さな目をいっそう小さくして、鈍《にぶ》い笑い声をもらした。

「ああするしか手を思い浮かばなかったのです。すみません」

「ちぇ、おめえが謝るな。謝るのはこっちだからよ。おめえに謝られちゃあ恰好がつかねえじゃねえか。ひと言、詫《わ》びを入れとかなきゃあ気色が悪いんだ。今朝は騒がせて悪かった」

「いいえ。長く一緒に暮らすのですから、ああいうこともあります」

「うちのがな、言うんだ。お麻奈ちゃんのご亭主は男前で優しくて、由緒《ゆいしょ》ある旗本の血筋で、いい人をお婿さんに迎えて、と羨《うらや》ましがってよ。それに引きかえ、こっちは貧乏御家人の部屋住みのごみてえな亭主だと言いやがるのさ」

喜多野は顎で表門を指し、龍平を促した。肩をゆすって歩き出しつつ、

「何を旗本だ御家人だと言いやがる。てめえは不浄役人の町方同心の血筋の売れ残りじゃねえか。日暮の女房とてめえの面をようく較べて見やがれ、と言ってやるんだ」

と、かすれ声を吐き捨てるみたいに笑った。

龍平は喜多野に続き、日が落ちてから閉じる表門わきの通用小門をくぐった。奉行所の通用小門はひと晩中、閉じられることはない。

「こっちはおめえみたいな不細工な女のところへ我慢して婿にきてやったんだぞ、ありがたく思えってな。そしたら女房のやつ癇癪《かんしゃく》を起こしやがって、物は投げるは泣き喚くは、こっちはこっちで女房を引っ叩き廻すはで、毎日がだいたいあんなもんだ。今朝は日暮のとこまで逃げ出しやがったのが、意想外《いそうがい》だったがな」

並べた肩を細かくゆする喜多野に、龍平はこたえられなかった。

「日暮、一杯つき合わねえか。おごるぜ」

「せっかくのお誘いですが、今夜はこれから手の者らと談合なのです」

朝夕の送り迎えの供をする下男の松助は、深川から奉行所へ戻った夕暮れ、今夜は遅くなる、と先に帰していた。

「談合？　仕事かい」

「はい。明日以降の手筈《てはず》を決めなければなりません」

「その日暮らしの雑用掛にしちゃあ、忙しいじゃねえか。今日も一日中、いなかったな。仕事は成子町の女郎の変死調べかい」

「ご存じでしたか」

「知ってるさ。みながいやがる仕事だから、雑用掛の日暮に廻されたんだ。日暮は旗本の血筋の養子婿だし、女房が亀島小町ときた。みな、やっかみ半分でいじめるのさ」

　二人は呉服橋御門の枡形《ますがた》門の二の門を通った。

　一の門の櫓《やぐら》下に大きな提灯が下がって、夕闇に淡い光を投げていた。

　わずかに青味の残った夜空に、星がまたたき始めていた。

「で、成子町の女郎の変死は、病死かい。それとも殺しかい」

「ほぼ間違いなく殺しです。裏店で身を売る生業を暮らしの方便《たつき》にしていた女が、ひとひねりに首を折られ、絞殺されたと思われます」

「つまらねえ。そんな裏店で客商売をやってるんだ。中には物騒な客もくるだろう。女郎に用心棒はついていなかったのかい」

「訊きこみでは十三歳くらいの妹がいて、女郎の姉と妹娘の客引きの二人で客をとっていたそうです」

「ふん、そんなんじゃあ幾つ命があっても足りねえな。そいつぁ決まりだぜ。たった今まで客だった野郎が、女二人と見て突然押しこみ強盗に早変わり、というやつに違いねえ」

「盗み目あてではありません。女の金は盗まれずに残っていましたし、売り物になりそうな着物なども手がつけられていませんでした」

「そりゃあ、そういうこともあるさ。女を始末したあと盗みを働くつもりだったのが、近所の住人に気づかれそうになった。仕方ねえから、肝心の盗みができず慌《あわ》てて逃げ出したとかな」

二人は一の門を抜けて呉服橋を日本橋南の呉服町へと渡っていった。

呉服町の濠端の店は、もうどこも板戸をたてている。

「いまごろそいつぁ、江戸から遠く離れたどっかの宿場で、くしゃみでもしていやがるだろう」

喜多野はかすれた笑い声を夜の呉服橋に響かせた。

濠は黒く静まり、柳の影が堤道につらなっていた。

龍平は黙っていた。喜多野は龍平の沈黙に何かを感じたのか、笑い声を抑えて横目で睨《にら》んだ。

二人は呉服橋を渡り、龍平は「それでは……」と、喜多野に頭を下げた。

「おれは両国《りょうごく》までいく。仕事なら仕方がねえ。次の機会にやろう。それからよ、あんた、その日暮らしの龍平って綽名をつけられてこっちの方はからっきし駄目そうに見えるが、じつは小野派一刀流《おのはいっとうりゅう》の達人なんだってな。支配役の花沢さんから聞いたぜ。こう言っちゃあなんだが、おれは本所の破落戸《ごろつき》ばっかりが集まる貧乏道場で直心影流《じきしんかげりゅう》を習った。今度一本、お手合わせを願いてえな」

はい——と、龍平はまた頭を垂れた。

「ふん。男前で優しくて由緒ある旗本の血筋で、か。確かにな。日暮、おれもあんたのことが好きになりそうだぜ」

喜多野が黒羽織を翻《ひるがえ》した。

盛り上がった肩の間に首をかしげるように埋《うず》めた喜多野の後ろ姿が、堤道の夕闇の中へまぎれていった。

雪駄の音だけが、夕闇の中から聞こえた。

日本橋通り南より東の横町へとって、左内町《さないちょう》と音羽町《おとわ》の境の小路に下げた京風小料理家・桔梗の軒行灯に、主人・吉弥《きちや》の娘のお諏訪《すわ》が明かりを灯して半刻がたっていた。

格子の引き違いの引戸を開けた店は、入れこみの畳の床や花茣蓙《ござ》を敷いた床几《しょうぎ》などに青物《あおもの》町の勤め人や出入りの商人の馴染み客でほぼ埋《う》まって、その夜も早や賑わっていた。

十七歳のお諏訪が、店土間と板場の仕きりに下げた暖簾《のれん》をわけて、小走りに出てきた。

「いらっしゃい、龍平さん。親分と寛ちゃんがきて、先に始めています」

龍平はお諏訪へ頷いた。それから板場をのぞき、主人の吉弥に「やあ」と会釈を送ると、

「いらっしゃいやし、旦那」

と、吉弥の張りのある声がいつもかえってくる。

店土間から廊下へ上がって、板場のわきを通った奥の三畳間が二つ続きのひと部屋に、宮三と倅の寛一が龍平を待っていた。

「旦那、お待ちしておりました。遠慮なく、お先にやらせていただいておりま

す」

膳を前に端座した宮三が、五十前の老練さと精悍《せいかん》さを併せ持つ面差《おもざ》しを龍平へ投げた。

「親分、仕事だ。また頼むよ」

龍平はすでにそろえられている膳の前に座し、早速言った。

「承知しました。寛一から今日のお調べの経過はあらかた聞いております。その後の訊きこみで、新たにわかったことがあれば話していただけますか」

ふむ――と頷いたところへ、お諏訪が新しい銚子を運んできた。

お諏訪は新しい銚子を並べ、「龍平さん、話がすんだら呼んでね」と、龍平から宮三、寛一を順に見廻し、気を利かしてすぐに座をはずした。

十七歳のお諏訪は龍平を龍平さん、宮三を親分、そしてひとつ上の寛一を弟みたいに寛ちゃん、と呼んでいる。

童女《こども》のころから枯梗の常客である龍平らをそう呼んできたし、これからもそれでいくつもりである。物怖《ものお》じしないちゃきちゃきしたところが、江戸育ちのお諏訪らしくてよかった。

「呑みながら話す。親分」

龍平は宮三の猪口《ちょこ》に酒をつぎ、「寛一、いこう」と酌《しゃく》をした。それから、

「深川の十吉という女衒に会ってきた。三間町で暮らしていたお千紗とお久仁が成子町へ引っ越して客商売をするのに、成子町の親分に話をつけた男だ」

と、宮三と寛一の酌を受けながら話し始めた。

口入れ屋・梅宮の宮三は、水道橋稲荷小路の小禄の小十人組旗本・沢木家に出入りしていて、沢木家の三男坊の部屋住みだった龍平が、童子《こども》のころより親類縁者みたいに接してきた親分だった。

龍平が宮三を、親分、と呼ぶのは、父親の沢木七郎兵衛《しちろべえ》を宮三が、殿さま、と呼び七郎兵衛が宮三を、親分、と呼び合っていたのを、子供らしく自然とそれに倣《なら》ったためである。

足かけ九年前、龍平に八丁堀の町方同心・日暮家のひとり娘の麻奈との縁談が持ち上がった折り、親戚や知人がこぞって、

「小禄の部屋住みとは言え、三河《みかわ》よりの由緒ある旗本の血筋が」

とか、あるいは二人の兄が、

「不浄役人の町方同心など、みっともない」

と、反対する中、宮三だけが、

「さすがは坊っちゃん、目のつけどころが違う。今はね、町方が江戸の花形なんです。そういうご時世なんです。やりなせえやりなせえ」

と、あと押ししてくれた。

龍平が、侍とも町民ともつかぬ鵺《ぬえ》みたいな町方同心の家へ婿入りするのに、さして違和を覚えなかったのは、子供の龍平を、坊っちゃん、と呼んで倅のように可愛がった宮三との長く親密な触れ合いがあったからだ。

寛一は、親類縁者みたいに竪大工町の梅宮へ気楽に顔を出し、入り浸《びた》っていた龍平を、龍ちゃん、と呼んで年の離れた兄のように慕《した》ってきた。

宮三は龍平が町方同心になって以来、手先として働いてきた。

口入れ屋の人脈と顔利きを生かし、龍平の仕事を陰に日向《ひなた》に様々に助ける知恵袋でもあった。

寛一が、父親と一緒に龍平の手先として働くことになったのは、二年前の十六歳のときである。

父親の背中を見て育った寛一は、そのずっと以前から兄のように慕う龍平の手先に勝手になったつもりでいた。

父親の宮三に「おめえの修業になるだろう。やってみるか」と許され、龍平の手先になって以来、それまでの《龍ちゃん》が《旦那》になった。

その寛一が龍平に「けど旦那……」と言った。

「女郎仕事を始めた経緯はいろいろあるとして、それほど人気の高いお千紗なら、ひとりで裏店で稼がなくたって岡場所勤めができたんじゃねえんですか。深川には岡場所があちこちにありますし、だいたい裏店でこっそり客を引くなんて、頭のおかしい客がきたら物騒じゃねえですか」

龍平は猪口をかざした手を止め、考えた。

「お千紗がどういう女かよくはわからない。ただお千紗は、周りに縛られるのを好まない気質の女なのかもな」

そう言って、猪口をひと息にあおった。

「今日の訊きこみで最もよくわかったのは、お千紗がどういう女かというより、みなが一様にお千紗がどういう女かよく知らないということだ。お千紗は自分の素性を人に語っていない。つまり、自分の素性を語りたくなかった。自分の素性《さだ》に縛られたくなかった。あるいは自分の素性などどうでもよかったからか、定かにはわからないがな」

「とにかく調べましょう」

宮三が言った。

「お千紗の生まれは越ヶ谷宿ですね。越ヶ谷宿に宿役人をしている古い知り合いがおります。明日たちます」

「頼んだ、親分」

「お任せを……」

第二話　三間町《さんげん》の尼さん

一

翌日、同心詰所《つめしょ》の龍平を下番《かばん》が呼んだ。

「日暮さま、梨田さまがお呼びです」

承知した——と、龍平は戸の外に膝《ひざ》をついた下番へかえしたあと、少し困惑を覚えていた。

組頭の梨田に呼ばれたときは、たいてい新たな用を言いつけられる。

今日は成子町のお千紗殺しの訊《き》きこみを、続けなければならない。

「日暮、こっちもやってくれるか」

梨田は気楽に言う。先に言いつけられた用について、何々はいかがいたしますか、と訊いても小言がかえってくる。

「それはそれだ。いいか日暮、仕事は機転を利《き》かせて、ちゃっちゃっと片づけなきゃあだめだ。いつまでも気楽な雑用仕事気分でいられちゃあ、困るんだ」

むろん、気楽な雑用仕事気分で仕事をしたことはない。

作事《さくじ》小屋わきを通り、土間から年寄《としより》同心詰所へ上がると、梨田と三番組頭の川浪が顔を寄せ、小声で話しこんでいた。

二人は詰所へ上がった龍平を同時に見やり、手招いた。そして、龍平が傍《かたわ》らへ着座するのを、唇《くちびる》を結んで見守った。

「お呼びにより、まいりました」

川浪が梨田へ目配せを送り、梨田が「ふむ」と頷《うなず》いた。

「昨日の成子町の一件は、片づいたか」

「裏店《うらだな》で客を引いていた女が殺されたのです。死体が見つかったのは昨日ですが、殺されたのはおそらくそれより三日前です。物盗り強盗の類《たぐい》ではありませんでした。殺された女の素性《すじょう》がはっきりせず、調べ始めたところです。少々かかるかと思われます」

「もぐりの女郎《じょろう》殺しだろう。むつかしく考えることはない。機転を利かせてちゃっちゃっと……」

「わかりました。機転を利かせ、なるべく早く調べをつけます」

龍平は梨田をなだめるように手をかざし、小言を制した。

「ご用件をどうぞ」

川浪がぷっと吹いた。梨田は唇を歪《ゆが》め、

「よかろう。どうせ成子町にゆくのだから頼む。成子町に近い角筈村を知っているな。村はずれに心勝寺《しんしょうじ》という真言《しんごん》の寺がある。その心勝寺の寺領に弘法《こうぼう》大師の生まれ変わりと自称する祈禱師《きとうし》が二年ほど前から住みついて、妙な祈禱をやって人心を惑《まど》わしている。そいつをふん縛《じば》ってくるんだ」

と、ぞんざいに言った。

「はあ……」

「成子町からちょいと足をのばすだけだ。やれるな」

「角筈村は朱引《しゅびき》内でも代官所支配です。それを町方《まちかた》がやるのですか」

「江戸の町民の中にも被害をこうむっている者が出ている。倅《せがれ》が霊験《れいげん》あらたかな祈禱に大枚《たいまい》の金をつぎこんでどうのこうのと、町家より御番所《ごばんしょ》へ訴えが持ちこまれた。近在の百姓の間でもだいぶ被害が出ているらしい。訴えを出されちゃあ代官所だけに任《まか》せておくわけにはいかんだろう」

「しかし、いきなりふん縛るというわけにはいきません。訴えの内容や祈禱師の話も訊かねばなりませんから、そちらも手間がかかると思います」

「いや。調べは別の者があらかたつけている。あんたはいってふん縛ってくるだけでいいのだ」

「別の方が。では、その方の助勢としていくのですね」

「まあ、そうなるような、ならないような……」

梨田が曖昧《あいまい》に言った。

すると、川浪が横から口を挟《はさ》んだ。

「じつはその者がまだきていない。休みの届けが出ていないので、少々遅れているだけだと思うのだが。こなかったら、誰かが代わりにいくしかあるまい。ただ、今ほかに手すきの者がいないのだ、日暮しか」

「つまりそういうことだ。あんた、成子町にいったついでに、そっちの方も片づけてきてくれ」

梨田がおかしそうに、にやついて言った。

何がついでにだ。ついでに人を縛れと言うのか。牛や馬じゃあるまいし。

それに手すきではない。たった今、成子町の女殺しの一件を調べている話をしたばかりではないか。

「どなたですか。念のため、その方の組屋敷へ寄ってお調べのあらましをうかがってから角筈村に向かいます」

やれやれ、とは思うが、断るわけにはいかなかった。

「その方の組屋敷に寄ってからいくかい。そうしたいなら、それでもかまわんがね。その方はあの喜多野の馬鹿野郎だよ。昨夜から組屋敷に戻っていないんだと。さっき小者《こもの》を訊きにいかせた」

川浪が苛立《いらだ》たしげに眉《まゆ》をひそめた。

ああ、喜多野さんか……

龍平は昨日の朝、小犬が怯《おび》えたみたいに右往左往していたお万知を思い浮かべた。それから昨夜、呉服橋から堤道の宵闇《よいやみ》にまぎれていった喜多野の後ろ姿を思い浮かべた。

喜多野の後ろ姿が見えなくなってからも、暗がりの中で引きずる雪駄《せった》の音がいつまでも聞こえていた。

「承知しました」

龍平は梨田と川浪から顔をそむけ、立ち上がった。

奉行所の門前で寛一が待っていた。

「寛一、今日は八丁堀からだ。そのあと角筈村までいく。それから今日はこれを持っていけ。要《い》るかもしれん」

官給の目明かし十手《じって》を寛一に手渡した。

「へい承知。こいつぁ、捕物《とりもの》ですか」

寛一が顔つきを引き締めた。

「たぶん、そうなる」

「合点《がってん》だ。ところで、つのはず村って、どこで？」

若い声を奉行所門前に響かせた寛一が、小首をかしげた。

四半刻《しはんとき》（約三〇分）後、亀島町の川岸通りを東へ入った組屋敷の一画にある喜多野の住居を訪ねた。

色の浅黒い団子鼻のお万知が、涙目になって龍平と寛一を迎えた。

喜多野は昨日から家に戻っていなかった。町方とはいえ、刀を差した侍である。侍が外泊など、もってのほかのふる舞いである。

お万知は台所の板敷に座りこんで、袖《そで》でしきりに涙をぬぐった。

「こんなお勤めを続けていたら、今に喜多野はお勤めおとりやめになるわ。出仕《しゅっし》におよばず、になったら喜多野の家はつぶれて、組屋敷にもいられなくなってしまうわよね。ああ、龍平さん、あたし、どうしたらいいの」

と、咽《むせ》びながらお万知は龍平に訴えた。

「喜多野の家がつぶれたら、死んだ父と母に申しわけないわ。もう、わけがわからない。あたしの何がいけないの。そんなにあたしがいやなら、さっさと離縁してこの家から出ていけばいいじゃない。あの人は喜多野家の人間じゃないんだからさ。そうでしょう」

お万知は肩をふるわせ、やがて嗚咽《おえつ》を始めた。

「やけを言ってよくなることはない。喜多野さんは、きっと昨夜はつい、はめをはずしすぎて、決まりが悪く戻りづらいのだろう」

「決まりが悪くったって、子供じゃないんだからお勤めぐらいちゃんとしなさいよ。町方だって侍でしょう。侍のお勤めじゃないの。お勤めをしているから組屋敷に住めるんだし、ご飯も食べられるし呑《の》みにもいけるんじゃない」

お万知の声がだんだん甲高《かんだか》くなった。

「お万知さんの言うとおりだ。だが、あまり思いつめず、今は心静かに……」

と、とおり一遍《いっぺん》のなぐさめしか浮かんでこなかった。

「御用で喜多野さんに会わなければならないのだ。お万知さん、喜多野さんがどこにいるか、わからないか」

お万知はしゃくり上げ、袖に顔を埋《うず》めたままだった。

だが、奉行所から下番に続いて龍平がきたので泣いてばかりはいられないと思ったらしく、涙でくしゃくしゃになった顔をわずかに上げた。

「さっき手先の信太《しんた》がきたので、昨夜は戻っていないって言ったら、両国の《亀《かめ》松屋《まつや》》という料亭で呑みつぶれているだろうから、そっちへ顔を出すと言って出かけたわ」

「両国の亀松屋だね」

「そうよ。あの碌《ろく》でなし、きっと亀松屋にいるわ」

お万知は言い捨て、また袖に顔を埋めて嗚咽を続けた。

両国の広小路は、この朝の刻限に早《は》やかなりの人出だった。

両国橋西詰の両国稲荷わきにある橋番所で訊《たず》ね、両国より元柳橋《もとやなぎばし》きわまで茶屋などが軒《のき》をつらねる川端通りの中に亀松屋を見つけた。

亀松屋の女将《おかみ》が応対に出て、龍平と寛一を二階へ案内した。

こういうところは、朝の四ツ（午前十時頃）より客が上がる店は少なくない。その刻限に近くなっている。仲居が忙しそうに廊下をすれ違い、男衆が重ねた座布団の山を運んでいった。

「喜多野さんはこちらの常客か」

案内の女将に訊いた。

「ええ、まあ。ここのところ、よくお見えになります」

廊下を先にゆく女将が、白粉《おしろい》の中に皺《しわ》の目だつ横顔を見せた。

「よくあるのか」

酔いつぶれて泊まりこんでしまうようなことがである。

「普通、お侍さまは勤めを縮尻《しくじ》る元になりかねませんのでなさいませんが、喜多野さまの場合はまれにございますね。町方のお役人さまがこういうことをなさいますと、わたしどもは何も申し上げられませんし。でも、昨夜のようなふる舞いは初めてでございますね。何かご事情がおありなのかしら……」

女将は少し皮肉な言い方をした。

迷惑しているんですよね、と内心は言いたげだった。

案内された座敷に、喜多野は職人のように片膝立ちに胡座《あぐら》をかき、たてた片膝にだらりと手を乗せて格子《こうし》の窓ぎわに寄りかかっていた。

小銀杏《こいちょう》の髷《まげ》が乱れ、枯草みたいにほつれていた。

顔の殴られた跡が、腫《は》れは引いていたけれども、青黒い痣《あざ》になって昨夜よりくっきりと残っていた。

部屋は六畳で、大川《おおかわ》に向いて大きな明かりとりが作られ、風通しに障子戸を二尺（約六〇センチ）ほど開けた格子越しに広小路と、大川端の掛小屋《かけごや》が見えた。

部屋は朝の寒気と、だらしない酒臭さに包まれていた。

晴れた朝の日差しの下の大川を、荷を積んだ船が通っていく。

銚子が数本転がり、膳の上にも食い散らした皿と二本の銚子がある。

部屋の隅《すみ》に手先の信太が畏《かしこ》まり、喜多野が脱ぎ捨てたと思われる定服《じょうふく》の黒羽織を膝の上に抱えていた。

喜多野は女将に案内されて座敷に入った龍平を、黙って見上げた。

信太は龍平へ、こりゃどうも、というふうにぺこりと頭を下げた。

「信太兄さん、お疲れさんでございます」

龍平に従って座敷に入った寛一が、信太に会釈《えしゃく》を送った。町方の手先はみな顔見知りである。

「よお、寛一。ご苦労さん」

信太が困った旦那《だんな》でよという顔を、寛一へ向けた。

「喜多野さま、そろそろ奉行所へお戻りになりませんと……」

女将が転がった銚子や膳の片づけを始めながら言った。

喜多野は龍平を見上げ、うなるような笑い声をこぼした。

肉の盛り上がった肩が小さくゆれ、喜多野は猪首《いくび》を左右にほぐした。

「酒だ。酒がねえ。持ってこい」

喜多野は龍平に言わず、片づけをしている女将に低く命じた。

「もうおよしなさいましな。お勤めに障《さわ》りますよ」

女将が眉をひそめた。

「うるせえっ。酔い覚ましを持ってこいってんだよう」

と、胡座の前の膳を、たてた片足で蹴った。

膳の上の銚子が、がたがたと倒れた。

「乱暴はおやめください。今お持ちしますから……」

「喜多野さん、御用できたんです。店に迷惑だ。いったんここを出ましょう」

「うう……御用だと。しゃらくせえ男だな。うっぷ。ああ気持ち悪い。酔い覚ましを呑んだらな。女将、ぐずぐずすんな。早く持ってこい」

喜多野の剣幕に、女将は喜多野をひと睨《にら》みして座敷を逃げ出した。

亀松屋を出てから、川縁《かわべり》の掛茶屋の緋毛氈《ひもうせん》を敷いた長床几《しょうぎ》に腰かけた。

喜多野は丸い背中をいっそう丸め、気分が悪そうにおくびを繰りかえした。

冷たい川風が、掛茶屋の葭簀《よしず》を通して流れてきた。

朝日を受けてきらきら光る川面《かわも》の先に、ゆるやかに反《そ》った両国橋が向こう両国へつながり、人がいき交っていた。

対岸に尾上《おのえ》町の町並や御船蔵《おふなぐら》、水戸《みと》家の物揚《ものあげ》場に係留する船が見えている。

「げっぷ、うう……おめえ、相も変わらずつまらねえ仕事を押しつけられていやがるな。昨日は成子町の変死調べ、今日は角筈村のどうでもいい生臭《なまぐさ》坊主をふん縛りにいかされるのかよ。ふふん、日暮はよ、雑用掛《がかり》が似合ってらあ。おい小僧、おめえ、寛一だったな」

「へえ……」

隣の床几に信太と並んでかけた寛一が、上目遣いに喜多野へ頭を下げた。

「寛一も思うだろう。おめえの旦那は雑用掛が似合っているってなあ」

「んなこと、ねえっす。みんな知らねえだけでさあ。龍ちゃんは、じゃなくて日暮の旦那は北御番所の、江戸一番の腕利きの町方なんだから」

寛一が不服顔でこたえた。喜多野は笑い声をくぐもらせ、

「江戸一番だとよ。おめえよく躾《しつ》けているじゃねえか」

と、寛一を指差して龍平に言った。

「寛一、心配すんねえ。本当はおれもわかっているよ。おめえの旦那は雑用掛においとくのは惜《お》しい男だ。けどよ、おめえの旦那は融通《ゆうずう》が利かねえ。世渡り下手だ。だからいつまでも雑用掛にこき使われるのさ。どうだ、おめえ、おれの手先につかねえか。おれの手先についたら、いい目をいっぱい見させてやるぜ。なあ、信太」

「へ、へえ……」

信太が首をすぼめてしぶしぶと頷いた。

「あっしゃあ日暮の旦那以外の誰にもつく気はありません。いい目ってなんですか。酒呑んで酔っ払うのがいい目ですか。そんなの、ちっともいい目じゃねえや」

そこで喜多野は八重歯《やえば》をむき出し、高笑いをふりまいた。

「おおし、日暮、いくぜ」

喜多野が膝を両手で打って立ち上がった。

「おれが生臭坊主の始末をつけるからよ、おめえはおれについてきな。この一件はおれの掛だ。たまたまな、おれが訴えを受けつけてやったのさ。日暮に手柄を譲《ゆず》るわけにはいかねえ。日暮、茶代はおめえに譲る。払っといてくれ」

龍平は茶代を床几におき、寛一と信太へ苦笑を投げた。

二

角筈村の祈禱所は、井之頭の細流に近い原野《はらの》に新高野《しんこうや》と名づけた小山を築いた麓《ふもと》に御廟《ごびょう》を建て、廟内には護摩壇《ごまだん》があり、天蓋《てんがい》、火舎《かじゃ》に燈台《とうだい》、金の鈴《りん》、雲板《うんばん》、鐘などの法具、仏具で飾りつけたきらびやかな祭壇が設《もう》けてあった。

祭壇の両側の壁には曼荼羅《まんだら》の絵が掲《かか》げてある。

弘法大師の生まれ変わりを自称する大観《たいかん》という僧の、日に焼け、こけた頰《ほお》の上にある一重《ひとえ》の目が据わっていた。

錦繡《きんしゅう》の燕尾帽子《えんびもうす》に赤の七条袈裟《げさ》、紫の直綴《じきとつ》、切袴《きりばかま》といった鄙《ひな》びた村の御廟に不釣合いな扮装《みなり》で、着座した大観の背後には、護摩を炷《た》いたあとの薄い煙が護摩壇から上っていた。

そうしてなぜか、大観の左右に頭巾《ときん》に鈴懸衣《すずかけごろも》の山伏風体《やまぶしふうてい》が十数人ずつ居並んでいて、喜多野に龍平、後ろに信太と寛一がそれらの山伏風体に両側を挟まれて端座し、大観と向き合っていた。

「……と申すべき天啓《てんけい》を受けて以来、わが身のうちにおわします弘法大師さまのご指図の下《もと》、玉体《ぎょくたい》の安寧《あんねい》と国運の長久《ちょうきゅう》をお祈りいたし、あまねく民の攘災祈福《じょうさいきふく》の護摩を炷く日々でございます」

大観は合掌の仕種《しぐさ》をとり続け、喜多野へ向けた調伏《ちょうぶく》するかのような眼光をそらさなかった。そして、

「またこの者たちは高野《こうや》の霊山にて長らく修験道《しゅげんどう》の修行を積み、わが身とともに今この角筈の地において、衆病悉除《しゅうびょうしつじょ》、怨敵《おんてき》退散の祈禱をいたし、護符並びに守札《まもりふだ》をみなさまにお配りいたしておるのでございます」

と言って、両側の山伏風体へ目配せを送った。

すると両側の山伏風体が一斉に印を結び、誦呪《しょうじゅ》を思わせるうなり声をそろえ出したのだった。

「ご心配なく。これは光明《こうみよう》真言法と申し、真言の修法《しゆほう》のひとつであり、お役人さま方に……」

大観が言いかけたとき、げええっ、と廟内に響き渡るほどのおくびを喜多野がもらした。

「ああ気持ち悪い。うるせえな、てめえら」

と、喜多野は左右の山伏風体を見廻し、それから反《そ》っ歯《ぱ》の大観をじいっと睨みつけた。

喜多野の不気味な凝視に、大観の眼光にかすかな怯《ひる》みがにじんだ。

「てめえ、護符やら守札やらをここら辺の百姓のみならず、江戸の町民の家に勝手にまき散らして、お布施《ふせ》をねだって廻っていやがるんだってな。手下のこいつらを引き連れてよう。それが思うようにならねえときは、手下どもが口をそろえて今弘法さまへ施物を拒《こば》めば、現罰《げんばつ》をあて給《たま》うぞと脅《おど》して廻ってやがるんだってな。修法だと？　ただのけちな強請《ゆす》りたかりじゃねえか」

山伏風体らのうなり声をかき消すような喜多野のどすの利いた声が、大観へ浴びせかけられた。

負けずに山伏風体らの声が高くなったが、大観は喜多野の青ざめた相貌《そうぼう》と向き合い、明らかに怯え始めていた。

「まだあるぜ。てめえら、この御廟と称する宿で夜な夜な何をやっていやがるんだ。信者になった女らに客をとらせているんだってな。てめえらは、そうやってうなりながら金を持っていそうな客を物色し、客引きをやってんだろうが。さぞかし儲《もう》かって笑いが止まらねえってか。よう、大観よう。こっちは全部、てめえらの悪行三昧《ざんまい》は、お見通しなんだぜ」

てめえ、あまねく民の攘災祈福だと。舐《な》めたことぬかしやがって――と、廟内に怒声を響かせた。

と思うと、いきなり立ち上がって大きく踏み出し、分厚い拳《こぶし》を錦繡の燕尾帽子へ叩《たた》き落としたから、堪《たま》らないのは大観である。

帽子が吹き飛び、悲鳴をあげ護摩壇の前に横転した。

「ああっ、阿闍梨《あじやり》さま」

左右の山伏風体らが床を鳴らして立ち上がった。

龍平も立ち上がったが、喜多野のいきなりの暴行が始まったのには驚いた。

「喜多野さん、やめろ」

と叫んだが、喜多野は大観の喉首《のど》を鷲《わし》づかみにした。そして、片手一本で高々と天井へ突き上げたから、宙に浮いた小柄な大観が白目をむき、足をばたつかせ、舌を出して泣き声のような助けを呼んだ。

「てめえ、なあにが阿闍梨さまだ。いかさま野郎が」

喜多野は喚《わめ》きながら、片手一本で大観を祭壇の方へ放り投げた。

護摩壇を越え奥の祭壇まで飛んだ大観の痩身が、祭壇を滅茶苦茶に打ち壊してくずれ落ちた。

法具や仏具が散乱し、賑やかに転がった。

「いかさま野郎、こんなもんじゃやすまねえぜ」

喜多野は喚き、散乱した仏具の中を転がる大観の傍《かたわ》らへ護摩壇を蹴散らしながら踏みこむと、赤の袈裟に紫の直綴の横腹を蹴り上げた。

大観は身体を丸めて横転した。その顔面へさらにもうひと蹴りした。

大観は「きゃっ」と短い悲鳴を発し、木偶《でく》のように首を折り曲げた。

鼻血が噴き、折れた歯が飛び、四肢を投げ出し、小刻みに痙攣《けいれん》し始めた。

しかし喜多野の激情は収まらない。

痙攣する大観の後ろ襟《えり》首をつかんで上体を起こし、半ばくずれた祭壇へ顔面から叩きつけながら喚いた。

「いかさま野郎は、許しちゃおかねえんだよ」

まるで、紫と赤の法衣を着た木偶を祭壇に叩きつけて打ち毀《こわ》し、また木偶がつぶれるまで壁に打ちあてているかのように繰りかえした。

大観の顔は鼻血で血まみれになり、形が歪《ゆが》み、四肢は力なく垂れ下がり、柳の枝のようにゆれ、悲鳴すらもらすことができなくなっていた。

そこへ壁に懸けた曼荼羅の図画が落ちかかった。

青黒い痣が残った魔界の羅刹《らせつ》を思わせる喜多野の暴行にさらされ続けるその有様は、この世のものとも思えぬ惨状を呈《てい》した。

山伏風体の男らでさえ、その様に慄《おのの》き絶叫をあげた。

喜多野の暴行が始まったとき龍平は、喜多野へ襲いかかる山伏風体の先頭の数人をたちまち張り倒していた。

すると、ほかの手下らは、喜多野ではなく龍平と左右の寛一と信太へ向かってきた。

手下らのほとんどが、木刀や錫杖《しゃくじょう》などの得物《えもの》を手にしていた。それをふり廻して三人へ浴びせかけた。

「鎮《しず》まれっ」

龍平は朱房《しゆぶさ》の十手を抜いて得物を払い、右に左にと手下らを薙《な》ぎ倒した。

寛一と信太も官給の目明かし十手をかざし、「ばちあたり」と叫びつつ床を踏み鳴らして襲いかかる手下らと激しい乱戦になった。

怒りと憎悪《ぞうお》の喚き声と双方の得物が打ち鳴って、廟の中に交錯した。

龍平は打ち下ろされた木刀を身を翻《ひるがえ》して空《くう》を打たせ、十手で叩き折り、その鼻っ柱に十手の一撃を見舞い、左右からの攻撃をはじき上げ、拳を叩きこみ、受け止め、投げ飛ばした。

手下らは龍平に歯がたたず、次から次へと転がされたが、仲間を踏みこえ「現罰っ」と喚き、何かに憑《と》りつかれたかのように突っこんでくる。

龍平は錫杖を薙ぎ払い、蹴り倒し、払っては打ちかえし、浴びせては打ち払い、と縦横無尽に働いた。

ただそれにも限度があった。何しろ手下らは多勢だった。

寛一と信太は、自分の身を守るのに精いっぱいだった。

やむを得ず龍平は、一瞬の間に十手を左に持ち替え身を翻しながら腰の一刀を抜き放った。

「これ以上続けるなら、容赦せんっ」

そう言い放ってかざした白刃の威力は、さすがに強烈だった。

素早く刀を峰打ちにとった。けれども、束《つか》の間に五、六人が打ち倒され床に転がりうめく中、十手と白刃を両手にかざして立ちはだかった龍平の姿に、手下らの動きが混乱した。

「くわあ、町方が刀を抜いたぞお。われらを殺す気ぞお」

ひとりが叫んだ。

手下らは、龍平が町方同心ではなく自分たちを成敗にきた魔神に見えたかのごとく、明らかな動揺を見せた。

手下らの執拗《しつよう》な襲撃がやみ、龍平ら三人と睨み合いになった。

ところが魔神のごとくに立ちふさがる龍平のその後ろで、地獄の羅刹の喜多野が虫の息の大観を痛め続けていた。

「阿闍梨さまを殺す気か」

「ひ、人殺し」

「町方は人殺しをするのかあっ」

「お前らは人殺しかあっ」

手下らが木刀や錫杖を指し、口々に叫んだ。

「あ、いかん。喜多野さん、やめろっ」

ふりかえった龍平は、十手を口に咥《くわ》えて喜多野へ走り寄り、喜多野の拳をふり上げた手をつかんだ。

それをふり払い、噴き上げる激情を御《ぎょ》しきれない喜多野は大観の血まみれの顔面へ、これでもかこれでもか、となおも殴打を見舞う。

このままでは喜多野が大観を殺してしまうのは、誰の目にも明らかだった。

「旦那あっ」

「やめろおっ」

寛一と信太が喜多野にとりすがった。けれども、

「邪魔するな。放せ」

と、とりすがった二人は喜多野の怪力にはじき飛ばされた。

「わあぁ」

手下らが喚き、再び襲いかかる気配を見せるのを、龍平はふりかえって刀を突きつけた。手下らは白刃に怯み、突っこめなかった。

仕方がない、と咄嗟《とっさ》の判断だった。

手下らから再びふりかえりざま、一刀を高々と上段へとった。

そして、喜多野の背後より袈裟懸けに打ち落とした。

捕縛《ほばく》されたのは大観と、逃げ遅れた手下のうちの四人ばかりだった。

大観と山伏風体の五人が、早縄《はやなわ》によって後ろ手に縛られ、数珠《じゅず》つなぎになって引ったてられていった。

中でも、大観の憔悴《しょうすい》ぶりは憐《あわ》れを誘うほどだった。喜多野の殴打を浴びて顔が歪み、紫の直綴も赤の七条袈裟もぼろ布のように破れ、かろうじて立っていられるという足どりだった。

周りを角筈村の村役人、番太と六尺棒を携《たずさ》えたその手先らが警戒し、信太が縄をとっていた。

昏倒よりようやく回復した喜多野は先頭に立っていた。肉の盛り上がった両肩の間に猪首をかしげ痛みを堪《こら》えているふうに見えた。

龍平と寛一は道の傍らに佇《たたず》み、喜多野が率《ひき》いる一行がたち去るのを見守った。

喜多野は龍平に言い残した。

「日暮、あとはこっちでやる。礼を言うぜ」

空は晴れていたが、そう言った喜多野の顔つきはひどく曇《くも》っていた。

「おめえの峰打ちは効いた。さすが、小野派一刀流じゃねえか。けどよ、この痛みは忘れねえ。おれはしつこいんだ。いつか借りをかえすぜ」

そう言って打たれた肩を叩いた喜多野の骨張った指と掌が、六寸（約一八センチ）ほどの長さに見えた。

傍らの寛一が首をすくめてふるえ上がった。

「旦那、喜多野さまは恐しいお役人ですね。獣みたいな力なんで、たまげました。旦那がやらなかったら、きっと大観をなぶり殺していたでしょうね」

寛一が、村はずれの道を去っていく喜多野ら一行を見守って言った。

「あのまま大観をなぶり殺していたら、どうなるんですか」

そうだな――と、考えながらこたえた。

「事と次第によっては、喜多野さんがお咎《とが》めを受ける場合もあり得た」

「いつか借りをかえすって言ってましたけど、あれはどういう意味ですか」

「いつかわたしを痛めつけてやると言ったのだ」

「ええ。町方役人がそんな破落戸《ごろつき》みてえなことを言うんですか。旦那の機転のお陰で、大観を殺さずにすんだのに。あれでも町方役人ですか」

「人はいろいろだ。仕方がない。寛一、いくぞ」

「へい。成子町の角兵衛店ですね」

二人は踵《きびす》をかえした。

角筈村から十二社権現の大鳥居の前をすぎた。

冬にしては穏やかな日和《ひより》のせいか、十二社の石段をのぼりおりする参詣《さんけい》客の姿が少なくなかった。

十二社は江戸町民にも人気の高い清遊地である。

「けっこうな繁盛《はんじょう》ぶりですね」

寛一はいい天気に気が晴れた様子だった。

大鳥居前から成子町へとり、坂下横町から角兵衛店の路地へ折れた。

家主の角兵衛の案内で、昨日に続き再び路地奥のお千紗とお久仁が暮らしていた裏店へ路地のどぶ板を鳴らした。

昨日と違い、子供らが遊び、井戸端ではおかみさんらが洗濯や何かの洗い物をしている。

角兵衛にともなわれた龍平と寛一を見つけ、井戸端のおかみさんらはひそひそとささやき合った。子供らも遊びをやめて龍平と寛一を見守った。

角兵衛は路地をゆきつつ、昨夜、店の者たちと町内の常円寺《じょうえんじ》という寺でお千紗の埋葬をすませた様子を語った。

「この店の者にとりましてお千紗は無縁仏でございますが、やむを得ません。まったく、哀《あわ》れなことでございます。ああ、隣の増造は今日は仕事に出かけておりますので。どうぞ」

路地奥の二軒のうち、まず、暮らしの道具が何もないお千紗の亡骸《なきがら》が見つかった一番奥の店に入った。

昨日と同じように、裏の濡《ぬ》れ縁《えん》のある板戸を寛一が開けた。むくろの臭気は消えていたが、昨日は感じなかった埃《ほこり》っぽいすえた臭いがこもっていた。

龍平は、店の隅から隅をゆっくりと見廻した。

お千紗のむくろが横たわっていた鏡布団もそのままだった。

そのとき、お千紗の白粉を塗った細首をつかんだ手が、龍平の脳裡《のうり》をかすめた。指の太い大きな手が、お千紗の白粉を塗った細首を片手でつかみ、やがて木偶の首をねじるようにへし折った。

一瞬、その様が見える気がした。なぜか、前にどこかで見た気がした……

お千紗は悲鳴をあげたかもしれなかった。

だが、あの日は風が吹き荒れて貧しい店の板戸を鳴らし、裏の雑木林や枯草が騒いで、近隣の住人は気づかなかった。ただ増造は、風の吹き騒ぐ合い間にお千紗と男の交わす声を、ひと言二言、聞いている。

龍平は裏の濡れ縁へ出た。

雨風にさらされた濡れ縁は、龍平の重みで軋《きし》んだ。

丘陵をきりくずした一角のようなところに店は建てられ、手が届くところに枯草が覆《おお》う崖《がけ》がある。

その崖のため、三軒の店があるこの割長屋の一番奥は、裏から日が入ることはほとんどなく、昼間でも薄暗い。

濡れ縁からお千紗とお久仁が暮らしていたと思われる隣の店の濡れ縁へ、龍平の脚でひと跨《また》ぎもなかった。むろん、女子供でも跨げるほどである。

龍平は濡れ縁を喘《あえ》ぐように軋ませ、隣の濡れ縁へ跨いだ。

隣はきりくずした丘陵の斜面がだいぶ下って低くなり、崖の上から店に日の明かりが差す。斜面の上に青菜の畑が見える。

そうしてもうひとつ隣に増造の店の濡れ縁が、ひと跨ぎの間もなく続いている。増造の店の裏手は丘陵の斜面の下になり、日差しは遮《さえぎ》られることはなく、町はずれになる畑地や原野が南西の方角に折り重なっている。

龍平は濡れ縁から板戸が二尺ほど開いたままの隣の店へ、身体を斜めにして踏みこんだ。

寛一が龍平に続き、身体を斜めにして店へ入ってきた。

ここは、たくさんの色とりどりの小袖や打掛《うちかけ》ふうの着物が衣紋掛《えもんかけ》で一方の壁ぎわにかけられ、またお千紗とお久仁の暮らしの道具がそろっている。

「寛一、昨日きたとき、裏のこの板戸は開いたままだったな」

「そうです。昨日、角兵衛さんは、御番所の調べがすむまで誰にも触らせないようにしていたと、仰《おつしや》ってました。そして旦那がもう少しこのままにしておくようにと角兵衛さんにお指図なさいましたから、ここは昨日と何も変わっておりません」

「お千紗が殺されたと思われる夜は、ひどい木枯《こが》らしが吹き荒れていた。お千紗が客をとっていた隣の店は裏の板戸が閉じてあった。なぜここの板戸は開いていたのだろうな。お千紗が隣の店で客をとっていた。お久仁はこっちの店にいた。裏の板戸を開けていたなら、風が障子戸をひどく叩いただろう。お久仁はなぜ板戸を閉めなかった。寛一はどう推量する」

「へえ、ですから盗人が裏から入って……」

と、寛一は先刻の角筈村の乱戦に使った目明かし十手を頭にあてて考えた。

「そうだ、こんな推量はどうです」

寛一は急にひらめいて言った。

「お千紗が隣の店で殺されたとき、お久仁は表通り、淀橋か成子地蔵あたりで客引きをしていた」

「お千紗が客をとっているのにか」

「ひょっとして、お久仁は客がいるのを知らなかった。客は以前もきたことがある馴染《なじ》みで、お久仁を通さずこっそりきた。事情は、そうですね、お千紗の貯めた小金を盗むために。で、客のふりを装《よそお》ってお千紗を殺し、こっちの店へきて金の隠し場所を探っていた。濡れ縁を通って裏から忍びこんだ。そこへお久仁が帰ってくる物音がした」

「それで金をあきらめて、裏から逃げた。そのため、板戸は開いたままだった。そういうわけだな」

「そうそう、そうです」

板戸が開いていたのは二尺ほど。お千紗を片手でひねり殺すほどの者が、その二尺ほどの幅をすり抜けた。板戸は開けたまま増造の店の裏をたどって、成子町の南はずれになる畑地から逃走した。

しかし障子戸は閉まっていた。逃げた客は板戸はそのままにしたが、障子戸は閉めたことになる。

何か妙だし、ちぐはぐだ。

「では、お久仁はなぜいなくなったのだろう。お千紗の異変にはすぐ気づいたろうに、町役人にも知らせず、なぜ姿をくらました」

「さあ、それは……」

寛一は十手を頭へ軽く打ちあて、小首をかしげた。

「もしかしたら、お久仁は客にかどわかされたんじゃあ」

そのとき、奥の店からこちらの店へ龍平らが裏の濡れ縁伝いに移っていたのに合わせ、表の路地を通ってきて土間に控えていた角兵衛が言った。

「おまえたち、子供が見るもんじゃないよ」

ふり向くと、五、六歳ぐらいの幼童が二人と十歳ぐらいの男児の三人が、戸の外に佇んで店の中をのぞいていた。

三人とも瘦《や》せて、貧しいなりをし、顔が汚れていた。

ただ、目が好奇心に輝いている。

角兵衛が言っても、男児と幼童は落ち着かぬ様子で戸口を離れなかった。

「どうしたんだい。おめえたち、何か訊きてえのかい」

寛一が気軽に声をかけた。

「ほら、あっちへおいき。お役人さまに叱《しか》られるぞ」

角兵衛が言い、男児と幼童が顔を見合わせた。

龍平が子供へ笑いかけた。

すると子供らは、「わあ」と声をそろえて逃げ去った。

三

奥州街道を千住《せんじゅ》、草加《そうか》をすぎて元荒川《もとあらかわ》の渡しの手前、埼玉《さいたま》郡越ヶ谷宿に夜が更けてから木枯らしが吹き始めた。

伝馬を掌《つかさど》る継ぎ立て問屋場の平入り出梁造《だしばりづく》りの店を《梅宮》の宮三が訪ねたのは、角筈村で捕物があった同じ日の夜五ツ（午後八時頃）前だった。

継ぎ立て問屋場の隠居の《宮沢屋《みやざわや》》甲太夫《こうだゆう》は、五十をすぎた白髪が綺麗な、痩《そう》躯《く》で背は高く、若いころはさぞかし年ごろの女たちに騒がれたであろう艶《つや》めいた顔だちの面影《おもかげ》を未《いま》だに残している男だった。

三十前後のずんぐりとした倅の鉄太郎《てつたろう》が宮沢屋を継いでおり、鉄太郎は顔つきも身体つきも父親にあまり似ていなかった。

あとから宮三に茶を運んできた甲太夫の女房のお半《はん》は、一重《ひとえ》で色黒なよく太った女で、倅はどうやら母親の血を多く引いているらしかった。

宮三が通された客座敷には、香ばしい焙《ほう》じ茶の匂いと陶《とう》の火鉢に熾《おこ》った炭火のやわらかな温もりがたちこめていた。

廊下のある襖《ふすま》を背に、甲太夫、鉄太郎、お半が居並び、宮三は三人と向き合って庭に面した腰障子を背に座に着いていた。

ただ一灯、角行灯《かくあんどん》の薄い明かりが座敷を照らし、隙間風《すきまかぜ》が宮三の背中の障子戸をとき折りふるわせ流れこんできた。

表通りを火の用心の拍子木《ひょうしぎ》の音が、寂しく通りすぎていった静寂の中で、お半がすすり泣いていた。

「……さようでございますか。そうしますと、そのお千紗という人は、成子町のご近所のみなさんに無縁仏として葬られたのでございますね。ならば、それはどちらのお寺さまでございましょう。宮三さんがご存じなら、お教え願いたいのでございますが」

甲太夫がおもむろに言った。

「相すみません。てまえ、町方のお指図に従っております都合上、今朝早く江戸をたたねばならず、殺されたお千紗の埋葬にたち会っておりません。江戸に戻って確かめ、あらためてお知らせいたしましょう」

「いえいえ。そのようなお手数をおかけするわけにはまいりません。これはわたしどもの身内の事情でございます。お千紗という人がわたしどものお円《えん》ならば、どのような親不孝者であっても血のつながったわが娘。このままにしておくわけにはまいりません。鉄太郎、おまえが成子町へいって確かめ、お円に間違いないならしかるべく弔《とむら》ってやってくれるか」

「わかった、お父《と》っつあん。今の仕事が一段落《いちだんらく》し次第、江戸へいってくるよ。おっ母《か》さん、そんなに嘆《なげ》いても、こうなったら仕方がないじゃないか」

隣の倅が言うと、

「だって、おまえ、お円が可哀想で……」

と、言いかけた言葉がすすり泣きの中に消えた。

「お察しいたします。ですが甲太夫さん。町方のお調べはまだ始まったばかりです。先ほども申しましたように、お千紗という女《ひと》がこちらのお円さんと限ったわけではありません。お千紗の身元、成子町へ流れた経緯《いきさつ》を探り出すことがこの一件解決の鍵になるのは間違いなく、お千紗の生まれが越ヶ谷宿というたったそれだけの手がかりを頼りに、こちらへうかがった次第です」

鉄太郎さん――と、宮三は甲太夫から倅へ向いた。

「江戸へいくのは今しばらく待ってください。万が一、町方のお調べの障りになっては困りますし、今のところ江戸へいかれても、お千紗がこちらのお円さんかそうでないかを確かめるのは、こう言ってはなんですが、素人《しろうと》さんにはむつかしい。今後、町方のお調べが進み事情が明白になったのち、わたしの方から必ずお知らせします。それまでは今しばらく……」

甲太夫と鉄太郎が顔を見合わせ、二人そろって溜息をついた。

「そう言いながら、てまえが、お円さんのことをあれこれお訊《たず》ねするのは、あくまで念のためと、思ってください。繰りかえしますが、本当のところはまだ何もわかっちゃいないんです。案外、お円さんはどっかの町で元気に暮らしていらっしゃるのかもしれませんよ」

そのうちに甲太夫が目の縁を赤くして咽び始めた。

「……身内の恥をさらし、お恥ずかしい次第です。鉄太郎、おまえが話しておくれ。おまえの妹のことを。お円のことをな……」

「いいよ、お父っつあん」

「本当は、お円は気だてのいい娘だったんですよ」

手拭《てぬぐい》で涙をしきりにぬぐっていたお半がわずかに顔を上げ、小さく呟《つぶや》いた。

その朝、夜明け前のまだ暗いうちに江戸を出た宮三は、昼前に草加へ着き、そこでひと仕事すませたあと、奥州街道をさらに北へとり、越ヶ谷宿の宿場役人を務める古い知り合いを訪ねたのは、木枯らしの吹き始めた夕刻だった。

四日前、新宿追分西はずれの成子町の裏店で殺されたお千紗という商売女の身元を訊ねている事情を話したところ、

「越ヶ谷宿生まれで、十年ほど前、博奕《ばくち》打ちと江戸へ駆け落ちした今が二十六ぐらいの、男好きのする器量のいい女……」

と、宿場役人は腕組みをして考えていた末に、やおら言った。

「お訊ねのそのお千紗という女がこの宿場の者なら、わたしが思いあたるのはただひとり、継ぎ立て問屋の宮沢屋のお円でございますね。およそ十年前、お円が十六の娘のとき、博奕打ちの左多治《さたじ》という……」

宮三は、宿場役人に今夜はうちに泊まり宮沢屋を訪ねるのは明日にしたら、と勧められたものの、気が急《せ》いて明日まで待てなかった。

使いを出して宮沢屋の都合を確かめると、お待ちしているとの返事があり、日もとうに暮れた五ツ前、宮三は宮沢屋を訪ねたのだった。

「お円はわたしより五つ年下の、今年二十六でございます。人なつっこく、可愛い妹でございました」

と、兄の鉄太郎が話し始めた。

「頭もよく、まだ幼い童女のころにほかの同じ年ごろの男の子より早く読み書きを覚え、裁縫やら家事仕事やら、簡単なことなら、おっ母さんについて真似事《まねごと》ができるほどになっておりました。そうだったよね、おっ母さん」

母親のお半が顔を覆《おお》ったまま頷《うなず》いた。

「小さなお円が、やって見せる大人びた仕種《しぐさ》が本当に可愛《かわい》くて、宿場でも近在の者らの間でも、越ヶ谷宿の宮沢屋のお円と言えば、ああ、あの可愛い子か、とすぐにわかるくらい評判の、自慢の妹でした」

「家の中にお円がいて、あの子の笑顔やのびやかなふる舞いやら、やわらかな声を見たり聞いたりするだけで、あの子がそばにいるだけで、家の中をぱっと明るくしてくれる子供でした」

手拭で覆ったくぐもった声で、母親が言い添えた。

だが、鉄太郎は冷めた様子で続けた。

「ただ、兄のわたしがお円を心配しましたのは、知らない者にも人なつっこくて疑うということを知らず、誰にでも優しい気だてはいいのだけれど、度がすぎて、今に誘われるまま知らない人についていって、さらわれてしまうのではないかと、そんな心配をさせられる物怖じしないところが、ないわけではありませんでした」

「倅の申しましたとおりでございます。お円を可愛い愛《いと》おしいと思うあまり、お円がしたいように、わがままに、奔放《ほんぽう》にふる舞うのを許してしまい、わたしども夫婦は、親として大事なことをあの子にしてやらなかったのではなかったかと、今さらながらに悔《く》やんでおるのでございます」

甲太夫が倅の言葉に言い足した。

「越ヶ谷宿の可愛いお円と評判がたち、自慢の妹と思っていた一方で、お円は惚《ほ》れっぽい娘だ、気の多い娘だと噂《うわさ》が流れ始めたのは、十二、三の歳になるころからでした。あたり前のことですが、お円はわたしやお父っつあんやおっ母さんが望むいつまでも可愛くあどけない童女から、ふと気づくと、兄のわたしでさえどきりとさせられるような艶めいた娘に育っておったのです」

「十二、三のころから？」

宮三は訊きかえした。

「はい。背丈がのび、身体つきもふっくらとして、それとともに人を誘うふうな仕種や眼差《まなざ》し、甘えた言葉つき、ふりまく笑み、どこかしら危うく猥《みだ》らがましい愛嬌《あいきょう》が、まだ子供と思っていたお円にいつの間にか備わっていたのです。わたしは自分の迂闊《うかつ》さに気づかされ、何かとりかえしのつかない過ちを犯してしまったような後ろめたさを、心ひそかに覚えないではいられませんでした」

「少し早いのかもしれませんが、十二、三の年ごろの娘になれば、多かれ少なかれあることとですね」

「ただの噂や見た目だけではなかったんです。お円の夜遊びが始まっていましてね。お父っつあんやおっ母さんは問屋場の仕事が忙しく、わたしもお父っつあんを継いで仕事を覚えるのに気をとられ、お円へ目が届かぬころでもありました。おや、お円はどこへいった、と日も暮れてから騒ぎになることが続いたんです。それでも初めはそんな小娘が夜遊びなどと思うはずもなく……」

「あの子は悪い男に騙《だま》されたんだよ。あの子は悪くないいんだよ」

お半がすすり泣きながら、倅の言葉を遮《さえぎ》った。

「おっ母さん、今さら人のせいにしてどうするんだ。わたしらがお円の一番身近な一家の者じゃないか。お円がああなったのは、誰のせいでもないよ。わたしら一家のせいだし、お円自身のせいなんだよ」

「だっておまえ、そんなことを言ったたって……」

お半は恨《うら》めしそうに絞り出したが、それ以上は言葉にならなかった。

「お円の姿が見えなくなってあたふたしているのはわたしら一家の者だけで、うちの使用人らは、お嬢さんならどこそこに、みなとっくに知っていることですよ、と教えられ、驚かされました。わたしら一家の者だけが、見たくもないお円の本性から目をそむけていたんですね」

「愚かなものでございます。いくら目をそむけようが、お円がわたしらの望む娘になるわけではないのですが」

横から甲太夫が、目をしょぼしょぼさせて言った。

「一度、お円が出入りしていると聞かされた宿場はずれのやくざや博奕打ちや渡《と》世人《せいにん》らが常客になっている酒場へ、お円を連れ戻しにいったことがあります。わたしが十八歳でお円が十三歳でした」

「ほお、十三歳の娘がそんな酒場に出入りを」

「そうです。男たちや白粉を塗りたくった年増《としま》の酌婦に睨まれてわたしがふるえ上がっているそばで、お円は男たちにしなだれかかって戯《たわむ》れていました。お円、帰るんだと叱りつけると、男たちや年増の酌婦にまじってお円までがわたしを笑いましてね。年増の酌婦に、ここはお坊っちゃんのような人がくるところじゃねえよ、とからかわれたのが今でも忘れられません」

　鉄太郎の話は続いた。

「お円が年若い馬喰《ばくろう》と、所帯《しょたい》を持った夫婦の真似事をしたのは十四のときでした。ひと月にもならぬわずかな間でしたが、宮沢屋の娘が馬喰の女房になったと、宿場では評判がたちましてね。そのときもわたしが連れ戻しにいき、何度か足を運んでごたごたした挙句《あげく》、馬喰のところから戻ってきたのは、ほかの男に気が移り、それで別れ話になったからでした」

　木枯らしが障子をふるわせ、宿場のどこからか、女の嬌声《きようせい》が夜風に乗って聞こえた。

「お父っつあんやおっ母さんがこんこんと言い聞かせ、ときには叱りつけ身をあらためさせようとしましたが、結局はむだでした。その場では涙を流し、お父っつあんとおっ母さんに詫《わ》びを入れ、心を入れ替えると誓いながら、ひと夜すぎればこっそり家を抜け出している、そういうことの繰りかえしでした」

「わたしらも堪忍袋《かんにんぶくろ》の緒をきらして、一度、裏の蔵に閉じこめたことがございました。そうすると、蔵の窓から飛び下りて大怪我《けが》をするということが起こりましてね。手の打ちようがございませんでした」

と、甲太夫が呆《あき》れたふうに言った。

「どういう男であれ、ひとりの男に惚れて一途《いちず》に添いとげようとするのなら、まだよかったんです。けれど、お円はそうじゃなかった。次々に男を替え、そのために刃傷沙汰《にんじょうざた》になり、あのときは魔性のお円と宿場で評判がたち、家の商売にもずいぶんと障りがありました」

甲太夫とお半がそろって頷いた。

お円が博奕打ちの左多治と駆け落ちをしたのは、十六の歳だった。

娘への思いを断ちきれぬ甲太夫とお半が行方を訊《たず》ねてひと月がたったころ、お円が江戸深川の裏店で左多治と暮らしている噂が聞こえた。

鉄太郎が江戸へ旅だち、深川の町を訪ね廻り、お円と左多治が永代寺《えいたいじ》一の鳥居そばの裏店に暮らしているのを探しあてた。

そこはみすぼらしい裏店だった。

出てきたお円は、わずかひと月と数日を隔《へだ》てただけにもかかわらず、兄の鉄太郎が息を飲む変わり様だった。

ほつれた島田がだらしなく、白粉を塗りたくった空《うつ》ろな顔つきで、唇《くちびる》へ刷《は》いた血のような紅の奥に鉄漿《おはぐろ》が光り、裾《すそ》を引きずる縞《しま》の小袖が大年増を思わせ、もはや十六の娘の面影は微塵《みじん》もなかった。

鉄太郎は、国の両親や兄としての自分の手の届かないところへ妹がいってしまったことを思い知らされた。

「わたしは江戸から戻り、お父っつあんとおっ母さんに初めて言ったんです。お円はあきらめよう。もう親娘《おやこ》でも兄妹でもない、そうするしかない。このままだと宮沢屋の稼業にどんな障りになるかわからない、とです。あのときはお父っつあんもおっ母さんもわたしも、声をあげて泣きました」

宮三は言うべき言葉がなかった。

木枯らしのふるわす障子の音が、背中で聞こえていた。

「あれからおよそ十年です。こういうお円の知らせがいつか届く日がくると思っておりました。宮三さん、悲しいけれども驚きはしません。それがお円の定《さだ》めなのです。お知らせいただいてお礼を申します。親娘でもなく兄妹でもなくとも、お円はわが妹であり、お父っつあんとおっ母さんの娘です。わが手でお円を弔ってやるつもりです」

鉄太郎が宮三に頭《こうべ》を垂れた。

「殺されたお千紗という女が、こちらのお円さんと、まだ限ったわけではありませんからね」

宮三は溜息まじりにそう繰りかえし、慰《なぐさ》めるしかなかった。

お千紗が越ヶ谷宿継ぎ立て問屋場の宮沢屋甲太夫とお半夫婦の娘・お円にほぼ間違いはなかった。

一年半前、宮沢屋にお円から手紙が届いていた。

おとっつあん、おっかさん、あにさん、おろかな円の不孝のかずかず、なにとぞなにとぞ、おゆるしくだされ候。長らくのごぶさたに、おとっつあん、おっかさん、あにさんがなつかしく、せめてひと目おあいしたい思いはあれど、ご先祖さまのばちがあたって、おあいできぬ身におちぶれはてて候……


と、そんな文面の手紙に、お円が《なるこまち》というところで暮らしている様子が記されてあった。

むろん、どのような生業《なりわい》で誰と成子町のどこで暮らしているのか、またお千紗の名も角兵衛店も書かれてはいなかった。

ただ最後に《おすこやかにおくらしくださいますよう、ひとえにお祈りもうしたてまつり候》と、記してあるばかりだった。

捨てた故郷を懐かしむ、お円の孤独がひしひしと伝わる手紙だった。

翌日、宮三は越ヶ谷宿から江戸へ大急ぎで戻った。

四

さらにその次の朝だった。

龍平が朝湯から戻り、日髪日剃《ひがみひぞり》の廻《まわ》り髪結《かみゆい》がきて月代《さかやき》を剃り小銀杏《こいちょう》の髷《まげ》を結っている最中《さなか》、勝手の方から「ごめんなさい」「あら、お万知さん」と、麻奈とお万知の声が聞こえてきた。

喜多野の女房のお万知が、この朝の刻限に訪ねてきたらしかった。

数日前の夫婦喧嘩《げんか》のような騒動ではなさそうだった。

髪結がすみ、勤めに出かける支度《したく》を整《ととの》えている居室へ麻奈がきた。

「あなた、お万知さんが見えているの。喜多野さんがこの前の喧嘩の日から家に戻っていらっしゃらないんですって」

麻奈は龍平の支度の世話をしつつ、そっと言った。

「そうか。喜多野さんは、戻っていないのか」

麻奈が龍平の肩に黒羽織をかけた。

「居場所はわかっているのかい」

「いえ。だから居場所を捜して連れ戻してほしいって、見えたんです」

「わたしが？」

「そうですよ」

少し憂うつな気分で袖《そで》に手を通した。

支度を整え台所の板敷へいくと、菜実を膝《ひざ》に抱いた姑《しゅうとめ》の鈴与とお万知が、湯気をのぼらす鉄瓶《てつびん》の架かった囲炉裏《いろり》を挟《はさ》んで言葉を交わしていた。

勝手口の外の裏庭では、物置の整理をしている舅《しゅうと》の達広と俊太郎、下男の松助の話し声と物音が聞こえている。

寒雀《かんすずめ》の鳴き声もまじって、穏やかな冬の朝である。

龍平と目を合わせたお万知は、「龍平さん」と呼びかけて板敷に手をつき、額《ひたい》がつきそうなほど身をかがめた。

その仕種に、お万知の困惑と切実さが伝わった。

「お出かけ前の朝っぱらから、ごめんなさい。喜多野が昨夜も帰ってこないんです。ずっとなんです。どうしよう」

お万知は手をついたまま顔だけをもたげて言い、すぐに目を赤く潤《うる》ませた。

「お万知さん、手を上げて」

龍平の傍らに座った麻奈が言った。

「そうですよ、お万知さん。あなたがくよくよ気をもんで、どうなるものでもないのですから」

鈴与が慰め、鈴与の膝に抱かれた菜実が祖母を口真似て何か言った。

庭の方からは、達広と俊太郎と松助の笑い声がはじけた。

「いいわね、お麻奈ちゃんとこは」

お万知が指先で潤んだ目をぬぐった。

「喜多野さんは、あれから一度も帰っていないのですか」

お万知は目を伏せ、こくり、と童女のように頷いた。

「泊まり先の心あたりは？」

知らない、というふうに首を左右にふった。

「喜多野さんの実家は本所でしたね。実家に戻っているのではないですか」

「それはないと思います。あの人、実家のお兄さんと仲が悪いから。誰とでも仲が悪いんです。だからみんなに嫌われるんです。組の人にも嫌われて、龍平さんしかお願いする人がいないんです」

麻奈と鈴与は黙っている。すると菜実が、りゅうへい……とまた口真似たので、お万知までが噴き出した。

「泊まり先から勤めに出ているかもしれません。あまり思いつめずに」

と慰めたが、龍平は内心憂うつだった。

朝五ツ（午前八時頃）の刻限がすぎても、喜多野は勤めに出てこなかった。

一昨日《おととい》、角筈村の祈禱師・大観とその手下を捕《とら》え、南茅場町《みなみかやば》の大番屋に収監し、夜更《よふ》けになって入牢《じゅろう》証文の申請を出していた。

そのとき以来、ぷっつりと姿を消している。ここ数日の喜多野の行動が三番組支配役与力の堀に知れ、むずかしくとり沙汰され始めていた。

「日暮さま、梨田さまがお呼びです」

同心詰所入り口に膝をついて、下番が龍平を呼んだ。

まただ。何か雑用を言いつけられる。やれやれ……

「承知した」

龍平は下番にかえし、立ち上がった。

年寄同心詰所では、梨田と川浪が一昨日みたいに顔を突き合わせ、何やら深刻そうに話しこんでいた。

「お、日暮」

梨田が龍平を手招いた。

川浪が龍平へ会釈を寄こした。龍平は着座して二人へ頭を垂れ、

「お呼びにより、まいりました」

と、平然とした素ぶりで言った。

「成子町の女郎殺しの探索は、当然まだかかるな」

梨田が嫌みをまぜて訊いた。

龍平は、殺されたお千紗の客の馴染みや親しい男を探っているが、女郎屋ではなく裏店でこっそり客をとっていた商売柄、手がかりらしい手がかりはほとんど見つかっておらず、探索にまだ目ぼしい進展はない、とこたえた。

「客引きをしていたお久仁という娘の行方が知れません。お久仁が何かを知っていると思われます。お久仁の行方とお千紗の素性の両方の探索に、今は全力をそそいでおります」

「お久仁はもうだめだな。今ごろどっかに埋《う》められてるか、川に捨てられてるか、まあそんなところだろう。お千紗の素性をたどるのが間違いなく一件落着の鍵になる。いいか、的《まと》をはずすんじゃないぞ」

「わかりました」

的をはずすんじゃない、とは行方不明のお久仁は放っておけと言うのか。そんなことはできない。と思ったが、龍平は黙っている。

「でだ、一昨日、角筈村の贋《にせ》坊主を引っ捕えに喜多野といったな」

「はい。大観という祈禱師と手下の数人を捕え、喜多野さんが南茅場町の大番屋へ引ったて、収監したと聞いております」

「ふむ。喜多野が一昨日の夜更けに入牢証文の申し出をしやがった。ところがあの野郎、一昨日の夜更け以来、まだ顔を出していないんだよ。まったく、いちいち手数をかけやがって面倒臭い野郎だ」

梨田が川浪に「なあ……」と同意を求めた。

「入牢証文が出ているんだ。日暮、あんたが贋坊主らを牢屋敷へ放りこんでくれるか」

と、川浪が継いだ。

喜多野は家に帰らず、奉行所の務めもほったらかしにしている。どういうことだ。龍平は訝《いぶか》しく思った。

「わかりました。喜多野さんがいらっしゃらないのであれば、わたしがいくしかありませんね。いってまいります」

「すまんな、日暮。頼んだ」

「いいんだ。任せろ」

梨田が心得顔になって、勝手にこたえた。

年寄同心詰所を出て、内玄関から御奉行さま用部屋へいき、手附《てつけ》同心より入牢証文を受けとった。

同心詰所で支度をすませ表門を出ると、寛一が元気に駆け寄ってきた。

「おはようございます、旦那」

「ふむ、おはよう」

「夕べ、宮三親分が越ヶ谷から戻りました」

呉服橋の方へ歩みを進める龍平の背中へ、寛一が言った。

「親分はもう戻ったのか。どういう具合だ」

「へえ。今日昼間、江戸へ出てきてからのお千紗の足どりをできるだけ訊きこみをし、今晩、《桔梗》で調べの結果を報告してえとの伝言です」

「今晩、桔梗だな。わかった」

「今日もこれから成子町ですか」

「今日はまず、南茅場町の大番屋へいく」

と、龍平と寛一が南茅場町の大番屋から大観と手下四人を数珠つなぎに引ったて、江戸橋を渡り、米河岸《こめがし》を抜け、本町《ほんちよう》の大通り、本石町《ほんこく》の大通りをすぎて伝馬町の獄卒に大観らを引き渡したのは一刻後だった。

小伝馬町《こでんま》の牢屋敷から、本町、大伝馬町《おおてんま》と続く大通りへ戻った。

朝の大通りは、ゆき交う人や荷車の喧噪《けんそう》に早や包まれている。

「寛一、少々野暮用がある」

龍平は黒羽織を青空の下で翻し、大伝馬町の一丁目と二丁目の辻を東の両国方面へとった。

「もしかして、また喜多野の旦那捜しですか」

寛一が気を廻した。

「察しがいいな。じつはそのとおりだ」

龍平は従う寛一へ横顔を向けた。

「夕べ、日本橋通りの帰り道で、信太兄さんとぱったり遇《あ》いました」

「信太と？　喜多野さんについていたのか」

「いえ、ひとりです。喜多野の旦那の居どころがわからねえと、ぼやいてました。昨日は喜多野の旦那のおかみさんにきつく言われて、一日中、旦那を捜し廻っていたみたいです」

「すると信太は、今日も喜多野さん捜しか」

「どうかな。信太兄さん、くたびれてちょっと不貞腐《ふてくさ》れてました。もう馬鹿ばかしくってやってられねえから、ひと遊びしにいく。おめえもいかねえかって誘われました」

寛一が壺《つぼ》をふる仕種をした。

「賭場《とば》だな。どこの賭場だ」

「あっしは親父、じゃなくて親分からきつく止められていますので断わりましたが、信太兄さんのよくいく賭場は、たぶん松井町《まつい》です」

松井町は竪川の南堤の川通りに一丁目と二丁目があり、江戸城下の濠や川の定浚《じようざら》えの請負人が拝借地を許されている土地である。

「松井町……」

あとでのぞいてみるか——と、両国方面の冬空を眺め呟いた。

喜多野の実家である野沢《のざわ》家は、両国橋を東両国へ渡って、元町《もと》と小泉《こいずみ》町の境の回向院《えこういん》北裏の道沿いに並んでいる一軒、とお万知に聞いた。

道の南側は回向院の土塀に沿って小堀がのび、北側に粗末な板塀に片開き木戸の組屋敷が軒を並べていた。

兄の野沢保《たもつ》が納戸《なんど》色の着流し姿で表戸へ応対に出てきて、表戸と板塀の木戸の狭い前庭で龍平と立ち話になった。

弟の喜多野と似た小太りの体形で、浅黒い顔色に頰が不機嫌そうにたるんでいた。

月代が薄くのび、無精髭《ぶしょうひげ》が目についた。

保は小禄の小普請方吟味手伝役《こぶしんがたぎんみてつだい》に就《つ》いていたが、三番勤めの三日に一度の勤めと思われた。三十俵ほどの扶持《ふち》を三人の同役で分け合うのである。

三十俵二人扶持の町方同心の三分の一以下の禄である。町奉行所に大名屋敷より届けられる献上の品の、献上残りという名目のつけ届けもない。

内職をしなければ暮らしていけない。

だが、小禄の三番勤めでも野沢保は御家人である。

一代抱えの不浄役人の町方同心とは格が違う、と言いたげな無愛想《ぶあいそう》な応対で、言葉つきもぞんざいだった。

「いえ。こちらにはきておりませんな。勇とは一昨年の父の法事のとき以来です。町方の家に婿《むこ》入りして、向こうの人間になったのですから、野沢家に用はないと思っておるのでしょう。年始の挨拶《あいさつ》にもきたことがありません」

丸い腹の上で腕を組み、唾《つば》で濡れた唇をへの字に結んだ。

「勇が何か不始末をしでかしたのですか。根が粗忽《そこつ》なやつですからな。まあ、今さら何をしでかそうと、家にかかわりはありませんが」

龍平は、数日前の夫婦喧嘩が元で喜多野が家に戻っておらず、奉行所も無断で休んでいる事情を、できるだけ穏便に説明した。

保は不機嫌顔をいっそう不快そうに歪めた。

「馬鹿ばかしい」

と、吐き捨て顔をそむけた。

「だいたいあいつは、己のふる舞いが人に迷惑をおよぼさないようにする心遣いや、人とうまくやっていこうという配慮がまったくできない男です。自分のことしか考えていない。わが弟ながら、子供のころからじつにいやなやつだった。あんな男に町方がよく務まるものだ」

町方勤めなどその程度のものか、という口ぶりが露骨にうかがえた。

しかし、このまま続くと勤めに障りが出るので、家の者がひどく心配していると言った。

「そりゃそうでしょう。どんな職であれ、無断で休んでとどまれるわけがないことぐらい子供でもわかる。頭の悪い。ほうっておくしかありませんな。今にお咎《とが》めを受けて職をとかれ、喜多野の家も追い出されるのではありませんか。自業自得ですよ」

肉のついた肩に首をかしげる仕種が喜多野に似ていた。

「心あたり？　あるわけがない。一昨年の父の法事のときですら、口も利かなかった。どうせ呑みつぶれているか、岡場所にでも居続けているのではないですか。あんないやなやつですから、やくざの恨みを買って今ごろはどっかに埋められていたりとか……」

野沢は垂れた喉の肉をふるわせた。

そして、もういいだろう、帰ってくれ、という態度を見せた。

野沢保と喜多野勇の兄弟は、風貌だけでなくぶっきらぼうな気質が似ていると龍平は思った。

野沢家を出て一ツ目の通りへ戻り、竪川の方へとった。一ツ目之橋に昼に近い日が、白く降りそそいでいる。

板橋に龍平と寛一の草履《ぞうり》が鳴った。

「旦那、あの兄さんは弟をずいぶん嫌ってました。あれでも兄弟なんですか」

寛一が野沢保の対応に呆れていた。

「寛一はひとりっ子だからわからないかもしれないが、男兄弟はどこも似たり寄ったりで、仲が悪いものなのだ」

幅二十間（約三六メートル）の竪川の両岸はずっと河岸や物揚場が続き、杭《くい》に舫《もや》う川船が延々とつらなっている。

「そうなんすか。けど、宮三親分から聞いたことがありますぜ。沢木家の三兄弟はとても仲がいいって」

龍平は竪川へ目を向けたまま笑った。

「そうでもない。兄たちとはよく喧嘩をしたし、いじめられた」

龍平は言いながら、確かに喧嘩はよくしたが、さっきの野沢保が言うほど仲は悪くないな、という気がした。

五

一ツ目之橋を渡って堤道を東へとり、一ツ目弁才天《べんざいてん》、亀井屋敷、その次が松井町の一丁目である。

松井町一丁目には岡場所がある。

岡場所の木戸の両わきに、見番《けんばん》の建物と若い衆が詰める番小屋があって、その小屋の奥で毎日賭場が開かれている。

町方の手先なども出入りしているが、とり締まることはない。

そういうところだからこそ、闇の様々な噂や評判が入り、町方の手先がそれを聞きこんできて探索の手がかりになる。

昼前の刻限、岡場所に嫖客《ひょうかく》の姿はなかった。

番小屋の腰高障子《こしだかしょうじ》の前で、布子の半纏《はんてん》に着流しの男が木戸の番をしていた。

龍平と寛一へ腰を折り、「ご苦労さまでございやす」と言いながら、意外そうな顔つきをした。

こういう場所に町方が自ら顔を出すことは、滅多にない。

「ご用件をおうかがいいたしやす」

「信太に訊きたいことがある。いたら呼んでくれないか」

龍平は番小屋を顎で指し、若い衆に言った。

「へえ。信太の兄きでやすね。いると思いやす。ちょいとお待ちを」

着流しの身頃をつかんだ恰好《かっこう》で、若い衆が番小屋の腰高障子を開けて飛びこんでいった。

信太はすぐに出てきた。

よっぴて賭場で遊んだらしく、目が赤くなってくたびれている様子だった。

龍平へぺこりと頭を下げ、「へえ、こりゃあ旦那」と言った。

「お疲れさんです、信太兄さん」

寛一が明るく言った。

「おう。おめえが言ったたな」

と、信太はばつの悪そうな薄笑いを寛一へ投げた。

「信太、野暮を言いにきたわけではない。喜多野さんのことが訊きたいのだ。昼飯を食いにいこう。ひと晩中遊んで腹が減っているだろう」

「ありがてえ。有り金を全部すっちまって素寒貧《すかんぴん》でさあ」

信太が腰を折って、今度はきまりの悪そうな薄笑いを龍平へ投げた。

松井町の一丁目と二丁目の境から、大川と中川を東西に結ぶ竪川の流れが南の小名木川方面へと六間堀が分かれている。

六間堀の入り口に架かる真名板《まないた》橋わきの《滝蕎麦《たきそば》》に入った。

竪川堤の河岸場と六間堀の西側堤にも河岸場があって、船頭や船子《ふなこ》、軽子《かるこ》と呼ばれる物揚げ人足《にんそく》らの賑《にぎ》わいが河岸場にあふれていた。

昼どきの店は河岸場に働く男たちで混雑していたが、三人は土間の入れ床の席を見つけてそこに座った。

店奥の仕きりのない板場に赤々と薪《まき》の燃える大きな竈《かまど》が二つ並び、釜に湯を沸かしているのが見えた。

その竈の傍らや蕎麦打ちの台に向いて、黒の下帯ひとつに橙《だいだい》色の前垂れをつけねじり鉢巻きの男らが盛んに蕎麦を打ち、別の小さな竈では、同じ橙色のこれは法被《はっぴ》姿の男らが香ばしい油の匂いの中で天麩羅《てんぷら》を揚げている。

給仕の女らが、板場と店土間を声も高らかにいき来していた。

信太は腹が減っていると見え、ふうふう息を吐きながら二杯の天麩羅蕎麦をたちまち平らげた。

「……ほかに、喜多野さんのいきそうなところの心あたりはないか。呑むとか打つとかの遊び場でなくてもいい。出入りをしているお店、親密でなくてもちょっとしたつき合いのある人物、あるいは女とか……」

「あっしが喜多野の旦那について廻ったことのあるお店やら人やらは、昨日一日でだいたい廻りやした。ほかにもう思いあたるところはありやせんね。おかみさんにはきつく言われやしたけど、いったいどこに消えちまったのか、あっしにはお手上げでさ」

信太は満足げな息を吐き、火照《ほて》った頰をゆるませて言った。

「だいたい、喜多野の旦那はああ見えて、あちこちに馴染みのお店のある人じゃねえんです。あっしは旦那について五年になりやすけど、はっきり言いやすと、旦那に友だちと言える人はいやせんね。お出入りを願われているお店も、今はたぶん、ねえと思いやす。て言うか、旦那はやり方が下手なんだ。傍《はた》から見ていてもそりゃまずいだろうって言うか……」

「まずい？　どういうことだ」

「一昨日の亀松屋のあの調子を見りゃあわかるでしょう。亀松屋は料理屋で旅籠《はたご》じゃねえんだ。なのに看板になっても居据わっちまって酒がねえぞと呑んだくれ、眠くなったらごろんと引っくりかえって高鼾《たかいびき》、夜が明けて目が覚めたら酔い覚ましを持ってこいじゃ、お店は大いに迷惑でさあ。むろん、お店は払いの請求なんぞ、できやしやせん」

「ほかの店でも、ああなのか」

信太は、こくん、と首を落とした。

「でもね、亀松屋は盛り場の料理屋だからまだいいんすよ。以前お出入りをしていた本町やら本銀《ほんしろがね》町やらのそこそこの表店へいっても、客座敷へ上がりこんで酒呑ませろ飯食わせろ、芸者を呼べだのの酒盛りを二刻（約四時間）ばかり賑やかにやって、じゃあまたなと、お出入り料を包んでもらってやっとこさ御輿《みこし》を上げるんだから、お店の方だってご勘弁願いたいになりやすよ」

「昼間にか」

「真っ昼間でさあ。店の間《ま》じゃあ手代《てだい》や丁稚《でっち》がお客さん商売をしている裏の座敷でどんちゃん騒ぎが聞こえてくる。ありゃあなんだい、商売ができないじゃないか、てな文句が出ますよ。夜は夜でぶらっとたち寄った初めての呑屋《のみや》で、夜更《よふ》けまで呑み散らして、お勘定を、と言う呑屋に、つけとけ、と一銭も払わねえ。旦那、いいんすかって、こっちがはらはらする始末だ」

龍平と寛一が目を見合わせ、寛一は戸惑いつつ蕎麦湯をすすった。

「喜多野さんは、つけを払わないのだな」

「払ったのを見たことがありやせん。掛が風烈廻《ふうれつまわり》昼夜廻《ちゅうやまわり》でやすから市中巡廻をするってえと、あっしらを見つけてみんなこそこそ隠れるんでやす。目えつけられたらやっかいだ、と疫病神《やくびょうがみ》みてえに。お陰であっしがひとりのときも、まずいやつがきたと白い目で見られて、これじゃあ手先は務まりやせん」

手先には、ついた同心から渡されるわずかな小遣い以外に給金はない。町方の御用を務める手先の顔が、町内を廻ると「これで一杯やっていっておくんなさい」と、小さな紙包みを渡されるのが収入源なのである。

それもやりすぎてはいけない。

町方同心も似たようなもので、さじ加減を間違えてはまずいことになる。

「あっしは、喜多野の旦那につくのはよそうかなって思っているんでやす。あんなに人から嫌われている旦那についてちゃあ、得になることなんかなんにもねえし、とにかくあぶなっかしくて……」

「前から、あんなふうなのか」

「まあ、前からそうでやしたが、ここ二、三年、特にひどくなったような気がしやすねえ」

あっしの推量でやすがね——と、信太が寝不足の目を宙に泳がせた。

「喜多野の旦那は貧乏御家人の部屋住みが、喜多野家へ婿養子に入って町方に就いた方でやす。だから、舅《しゅうと》さん姑《しゅうとめ》さんやおかみさんに頭が上がらねえというか、遠慮しながらずうっと暮らしてきたんでやす」

ふむ、と龍平は頷いた。

「あ、日暮の旦那。妙な言い方をして、気を悪くしねえでくだせえよ」

信太は龍平が貧乏旗本の部屋住みで、日暮家に婿養子に入り町方同心に就いたことを思い出し、ちょっとまごついて言い添えた。

「しないよ。続けてくれ」

「へえ。ところが三年ばかり前に舅の親父さんが亡くなったころから頭に乗っかっていた重しがとれて、これまで我慢して抑えていた心持ちや気質が表に出始めたと言いやすかね。続いて半年後に姑さんが亡くなりやすと、すっかり箍《たが》がはずれたみたいになっちまって、さっき言いやした傍若無人《ぼうじやくぶじん》ぶりが目につくようになってきやした」

「喜多野さんが喜多野家に婿養子に入ったのは、確か二十歳を幾つかすぎたころと聞いている。変わり始めたのが三年前ぐらいからなら、十三、四年近くはあんなふうではなかったはずだ」

「へえ、十三、四年？　そんなに長くじゃあやっぱり、つらかったんでやすかね。殊《こと》に近ごろの旦那のふる舞いは、世の中の何もかもがつまんなくて、どうでもいいみてえなところがありやす。人とうまくやっていこうとか、人によく見られようとか、まるっきり思っちゃいねえんです。そんなこと馬鹿ばかしくてやってられるかいっ、てな具合でね」

　喜多野が、十三、四年近く喜多野家の舅姑や女房のお万知の前で自分の気質を抑えていたことが、それほど無理なふる舞いとは思えなかった。

しかし、女房のお万知を日暮家まで薪を持って追いかけてきた乱暴ぶりや、一昨日の亀松屋での横暴なふる舞い、角筈村の大観らを捕えたときの暴行は、喜多野自身が自分の怒りを抑えられず、戸惑っているふうにさえ見えた。

夫の豹変《ひょうへん》に困り果てた今朝のお万知の様子が、思い出された。

疵《きず》つきやすい繊細な心を持った子供ではないのだが、ひと筋縄にいかないのが人の気質なのかもな、と龍平はお万知に同情を覚えた。

店は客の出入りが続き、客を迎える女らの声や蕎麦打ちの男たちの賑わいが絶えなかった。

竈に薪が赤々と燃え、湯気がのぼり、揚げ物の香ばしい油の匂いが漂い、外は寒くとも店の中は熱気がたちこめていた。

三人は蕎麦屋を出た。

「旦那、ありがとうございやした。今日はもう店へ帰ってふて寝をしやす。喜多野の旦那の行方は知れねえし、有り金はすっちまったし、つまんねえ話で。こうなったら、明日から出直しでやす」

信太が外の寒さに背中を丸めて笑った。

「住まいはどこだ」

「佐賀《さが》町の裏店でやす」

「佐賀町ならこっちだろう。途中まで一緒にいこう」

龍平が六間堀の堤道へ歩みを進め、信太は「へえ」と、寛一と肩を並べて後ろに従った。

竪川から南に分かれた六間堀には、真名板橋の少し南に山城《やましろ》橋が架かってい
る。その山城橋の西詰をすぎたところで龍平は、ふと訊いた。

「女の方はどうだ。喜多野さんが隠れて懇《ねんご》ろにしている女はいないのか」

「喜多野の旦那が懇ろにしている女でやすか。いるわけねえすよ。あっしは知り
やせんね。見てくれだってあぁなのに、すぐ癇癪《かんしゃく》を起こすし怒り出したら手が
つけられねえ男なんて、女は恐がって、誰も寄りつきやせんや」

六間堀の切岸《きりぎし》の石堤に、枝垂《しだ》れ柳が日を浴びてつらなっている。

堀端《ほりばた》の武家屋敷をすぎ、要律寺《ようりつじ》門前を通って六間堀町の北組にかかった。

六間堀町にかかるあたりより、五間堀が東へ分かれている。

龍平はお万知と喜多野の夫婦仲が引っかかった。女がいるのではないかと、勘《かん》
繰《ぐ》った。

「喜多野さんは女遊びに、熱心ではないのだな」

「そんなこともねえすよ。根は女好きでやす。女の方が嫌っているだけで。喜多野の旦那がときどきいく岡場所やら町芸者で、金さえ払えば遊ばせる裏店のそばを通るときなんぞは、あっしにちょいとはずしてろって仰いやしてね。一刻か早いときで四半刻ぐらい、ちょこちょこ遊んでやした」

「喜多野さんが、そのときどきいく岡場所や町芸者に、馴染みにしている店や相手はいるのか」

「馴染みにしていたというほどじゃありやせん。ときどき、気の向いたときにいくだけでやす。けど、あっしの知っているあたりは昨日全部、廻りやした」

「なら、信太の知らない女がいて、喜多野さんはその女の店にしけこんでいるのかもな」

「どうでやすかねえ。ただ、ほかに旦那のいくとこなんてありやせんし。みんなに毛嫌いされてる旦那のことだから、いたとしてもどうせ碌《ろく》な女じゃねえでしょうね。あれで金払いさえよけりゃあな。どんな面《つら》をしていようが、金になりゃあ馴染みの女のひとりや二人はできやすよ。けど、貧乏育ちなもんだから存外けちなんすよ。碌に金も払わねえくせに、勘定には細かくって」

堤道の先に北之橋が架かっている。橋の南側の河岸地に杭《くい》が並び、数艘《そう》の船が舫《もや》っていた。

「そうっすね。あっしが知っているので、ただ、一度、喜多野の旦那がちょいと入りびたっていた女がおりやした」

信太が龍平の背中へ言った。

「もうだいぶ前の話でやすよ。そこの北之橋を東に渡って、森下町の四つ辻をすぎた先の三間町に、裏店でこっそり客をとっている女郎がいやしてね。そいつはすこぶるつきのいい女でやした。男好きのする色っぽくてちょいと悲しげな顔だちに、ねっとりした肉づきがぞくぞくさせるんでやす。あれなら喜多野の旦那が入れこむのも、無理はねえかなと思わせる女でやした」

龍平が北之橋の西詰で立ち止まり、腕組みをして橋の東側へぼんやりと目を投げた。

信太と寛一も立ち止まり、信太は龍平の背中になおも言った。

「ですけどね。確かに器量がいいのは商売女だからいいんでやすが、気だてにちょいとくずれたところがありやしてね。色情がどうのこうのと言うんじゃなくて、妙に惚れっぽいって言うか、惚れられやすいって言うか、心根に締まりのねえ女なんでやす。そういうくずれた気だてが、喜多野の旦那もあのとおり箍がはずれてる人だから、気心が通じ合ったんでしょうかね」

龍平は信太の方へ向き直っていた。

信太は、あ？　という顔つきで、龍平を見上げる恰好になった。

「それで？」

と、龍平に促され、「へぇ」と信太は小首をかしげた。

「……箍がはずれているといやあ、あの女の裏店へよくしけこんでたのは、喜多野の旦那の舅さんが亡くなったあとで、体裁《ていさい》をあまり気にしなくなったのが目につくようになっていたころでやした」

龍平は六間堀の東側の森下町の町家を、茫然《ぼうぜん》という様子で眺めた。

「よっぽど女を気に入ったんでやすね。真っ昼間に町方が定服でそういうところへしけこむのはまずいと、それぐらいは思ったらしく、そう頻繁《ひんぱん》じゃあなかったけど、いくときは見廻りへいくふりをして奉行所を出ると、着流しに深編笠《ふかあみがさ》の恰好に変えて、あっしに小遣いをくれやしてね。おめえはどっかで遊んでこい、こいつを持ってろと、黒羽織を預けられたことも何度かありやした」

「町方には見えない拵《こしら》えで、その女の客になっていたのだな」

「そうでやす。そういうときは、松井町のさっきの賭場であっしは遊んで暇をつぶしておりやした。まれに、女の裏店へ旦那を呼びにいったこともありやした。旦那、そろそろ御番所へ帰らなきゃあまずいんじゃあねえですかって。当然、裏店の住人には知られねえようにこっそりとですぜ」

六間堀を瓦《かわら》を積んだ船が小名木川の方へ漕《こ》ぎすぎていった。

「旦那、もしかしてそれって……」

と、寛一が森下町の方を向いた龍平の、鼻筋の通った横顔に言った。

「なんだよ寛一。もしかしてってえのは、どういうこったい」

信太が寛一へ寝不足の目を、どろんと流した。

「信太兄さん。もしかしてその商売女、比丘尼《びくに》の恰好をしておりませんでしたか。昔、比丘尼女郎って商売女がいたじゃねえですか」

「ええ?　おめえ、餓鬼《がき》のくせに比丘尼女郎を知ってるのかい」

信太が寝不足の目をむいた。

「知りませんけど、聞いたことがあります。つい先だって」

寛一は苦笑いを投げた。

「そうなんだ。女はな、比丘尼女郎に拵えて客を引いていやがったんだ。比丘尼だから、頭はつるつるの坊主頭だぜ。今どき、比丘尼女郎なんて趣向を誰も見たことがねえだろう。おれたちが生まれるずうっと前に、とり締まりを受けて消えちまったってえ言うからよ。ねえ、旦那」

「比丘尼女郎が一番流行《はや》ったのは、百年以上前の元禄《げんろく》のころだ。比丘尼の中宿もあって、昔はたいそうな人気だったそうだ。路地の裏店に御幣《ごへい》と牛王《ごおう》の看板を出してひとりでひっそりと見世《みせ》を張る比丘尼もいた。小比丘尼に客引きをさせて客をとるのだ。いつの間にかすたれて、いなくなった」

「そうそう。まさにそれでやした。ちびの可愛らしい童女が一緒におりやしてね。女も二十歳すぎの若年増の年ごろでやしたから、まさか娘じゃなかったと思いやす。その子供が、大人みてえなだぶだぶの比丘尼の衣裳を着せられ、日暮れに森下町の辻で通りがかりに声をかけ、おかん、てなことをやるもんだから、それがまたおかしいやら可愛らしいやら」

おかん、とは御勧進《おかんじん》という意味である。

「女はなぜ比丘尼の拵えで客をとっていた。何かわけがあるのか」

「さあ、なぜ今どき比丘尼なんだか、あっしにはわかりやせん。ただね、さっき言いやしたように、女は気だてにちょいとくずれたところがあったもんで、奇妙な恰好に拵え、それを周りに見せびらかして、殊さらに面白がるふうなところがありやした」

「面白がって、なのか」

「へえ。妙な恰好や珍しい恰好をすると周りから変な目で見られる。そんなふうに周りから見られるのが面白くってしょうがねえ、みてえなところが女にはありやした。あっしに言わせりゃあ、ここがちょいとおかしい女だった」

と、信太は指先でこめかみのあたりを突《つつ》いた。

「ところが、そういうちょいとおかしい気だてを、喜多野の旦那が気に入っちまったってえわけで。旦那も、ご存じのとおり、性根に相当癖《くせ》のある人でやすからね。この女は面白え、ってな具合でさあ。間違《まちげ》えなくいい女だったが、あそこまで妙だと、あっしなんぞはなんだか気色が悪かったくらいで」

「女はもういないのだな」

龍平は川向こうの森下町へ顔を向けたまま言った。

「とっくに。二年になりやす。ぷいっと、どっかへ姿を消しちまいやした。今ごろはどっかの裏店で、やっぱり比丘尼のつるつる頭で、客をとっているんでやしょうね。蠟燭《ろうそく》の火がちょろちょろと燃えてね。緋毛氈《ひもうせん》を敷きつめた部屋に香《こう》をいっぱい炷《た》きしめて、いやらしく身体をくねらせるんでさあ」

信太はくたびれた顔をにやにやさせた。

「比丘尼の名前は？」

「名前は、なんつったかな。ええっと、ち、ち、お千紗、そう、お千紗だ。お千紗でやした。五間堀の比丘尼とか、三間町の尼さんとか、そんなふうにも呼ばれておりやした。小比丘尼の方は……」

「信太、すまないがもう少しつき合ってくれ。三間町の比丘尼の裏店へ案内を頼みたいのだ」

「そりゃあかまいやせんが、裏店へいったって、比丘尼はもういやせんし、どこへ消えちまったのか、あっしは知りやせんぜ」

「わかっている。裏店を確かめたいだけだ」

そう言って龍平は、先に北之橋を渡っていった。

北森下町と北六間堀町の境の通りを東へとり、四つ辻をすぎてそのままいくと、ほどなく西詰に三間町のある五間堀に架かる伊勢橋が見えた。

六

四半刻後、龍平と寛一、信太の三人は森下町の裏通りの一膳飯屋にいた。

縄暖簾《のれん》の下がる一膳飯屋だが、酒を呑ませる。

壁の片側が板敷に茣蓙《ござ》を敷いた床になっていて、反対側の壁ぎわに長腰掛《こしかけ》が二台並んでいるだけのうなぎの寝床のような狭い店である。

明かりとりの窓が両側の壁にあるが、両隣の建物の壁が迫っていて、店の中は昼日中にもかかわらず薄暗かった。

昼どきがすぎて、板敷に上がった三人のほかに客はいなかった。

白髪頭の亭主が熱燗《あつかん》のちろりとわずかな肴《さかな》の皿を出して、店奥の調理場へ引っこんだ。

信太は竪川の蕎麦屋で昼飯の蕎麦を食わせてもらったうえに、思いがけず酒になっていささか不審顔だった。龍平は信太にちろりを差し、

「まず、呑め」

と、信太の猪口《ちょこ》に熱燗の湯気をのぼらせた。

「こりゃどうも。いただきやす」

信太は美味《うま》そうに猪口をひと舐《な》めし、それから首をひねった。

「旦那、三間町の比丘尼女郎のことで何かご不審でも」

「不審というほどのことではない。もう少し訊きたいだけだ」

龍平は寛一と自分の猪口に酒をついで、猪口に手をつけずに言った。

「成子町の裏店で、女が殺された一件は知っているな」

「はあ、旦那がお調べの一件でやすね。一昨日、角筈村の戻りに喜多野の旦那からうかがいやした」

「殺された女の名前は聞いていないか」

「へえ。喜多野の旦那も詳しくはご存じねえみてえです。女郎だと仰ってやしただけで」

「ふむ。喜多野さんは掛ではないからな。殺された女は成子町の裏店で客をとっていた。十二、三歳の妹が一緒に暮らしていて、妹が姉の客引きをやっていた。姉の名はお千紗だ。客引きの妹はお久仁。ただ本当の姉妹かどうかはわからない」

お千紗と名を聞いた途端《とたん》、信太は唖然《あぜん》とした顔を龍平へ向けた。ふと、気がつ

いたみたいに猪口を勢いよくあおり、

「まま、まさか、それって……」

と、うろたえ気味に言った。

「そのまさかだ。成子町で殺された女郎というのは、五間堀の比丘尼女郎のお千紗だ。客引きをしていた小比丘尼役のお久仁は、行方知れずだ」

信太が空の猪口を手にして戸惑っていた。

龍平は信太の猪口にちろりをかたむけた。

「それで、あっしに……いってえ、何をお訊きになりたいんで？」

信太の声が少しふるえた。不審がいっそう募《つの》ったふうだった。

「二年前、三間町の店からお千紗が、ぷいっと、どこかへ姿を消したのはなぜかわかるか。どんな事情があったのかを知りたい」

「さあ、あっしは何も知りやせん。喜多野の旦那みてえなちょいとねじれた物好きな客には人気がありやしたが、あっしはお千紗が好かなかったし、あんな気色の悪い女がどういう事情があって姿を消したのか、関心はありやせんでした。ただ、喜多野の旦那は未練があったんでしょうね。あっしには黙ってずいぶんと比丘尼の、っていうか、お千紗の行方を探ってたみたいでやす」

「喜多野さんは、比丘尼の馴染みのひとりだったのだろう」

「そりゃあもう、間違いのねえことで」

「喜多野さんが馴染みだったころ、比丘尼との間にもめ事が持ち上がったようなことはなかったか」

「あのう、喜多野の旦那が成子町の一件と、何かかかわりがあるんでやすか」

信太が、恐る恐る、というふうに訊いた。

「そうじゃない。お千紗が殺された事情は今はまだ何もわかってはいない。お千紗が昔の馴染み客の誰かともめ事を抱えていたとしたら、その馴染み客のひとりひとりにどういうもめ事だったのか、事情を訊きたいのだ。喜多野さんもその中のひとりだったのだろう。だから今こうして呑みながら訊いている。それ以上の意図はない。気楽に話してくれ。あくまで念のためだ」

「ああ、そうでやすか。ちょっと吃驚《びっくり》しやした」

「で、何かもめ事はなかったのか。どんな些細《ささい》なことでもいい。人伝《ひとづて》に聞いた噂や評判とか、何か思いあたることはないか」

気楽にと言いながら、龍平は少々執拗だった。

「へ、へえ、何か思いあたることでやすか」

と、信太は猪口を舐め、何か言わなきゃあ、と考えているふうだった。

「あっしが直《じか》に見たわけじゃなく、お久仁という小比丘尼から、言われたことがありやす。というのも、お久仁はそこの四つ辻でよく客引きをやっておりやした。あるとき、あっしが喜多野の旦那にそろそろ声をかけるかなって四つ辻へ通りかかると、お久仁の方から声をかけてきたことがありやした。親しいわけじゃなかったんですが、顔は見知ってはおりやしたもんで」

「何を言った」

「お久仁はあっしを睨んで、あんたの旦那はまだ姉さんとこにいるよって、言ったんでやす。知ってるよ、だから迎えにきたんだって言いかえしたら、あんたの旦那は乱暴な人だねって、餓鬼《がき》のくせに生意気な口を利きやしてね」

信太は猪口をすすり、手の甲で口をぬぐった。

「あっしは、そうかよって、相手にしなかったんでやすが、あんたの旦那が乱暴で姉さん恐がってるんだ、あんた、旦那をもう姉さんとこへこさせないでおくれ、姉さん、あんたの旦那みたいな乱暴な人は恐いから嫌いなんだって、後ろからえらそうに言いやがったんでやす」

「お千紗は喜多野さんを恐がっていたのか」

「そうみたいで。旦那が人に好かれねえのはわかっていやすから、ほっといてもよかったんでやす。けどつい向かっ腹がたって、嫌いでもそれで稼《かせ》いでんだろうって、言いかえしやした。そしたら、姉さんはいい客と嫌いな客がはっきりしていて、嫌いな客は本当は断わるんだと、性懲《しょうこ》りもなくまたまた言いやがったんでやす」

信太があおった猪口に、寛一が代わってちろりをとり、酌《しゃく》をした。

「いい歳した女郎のくせに、嫌いならてめえが断わりゃいいじゃねえか、餓鬼じゃねえんだからよって、あっしもまた言いかえしやした。するってえとお久仁は、そんなことを言ったらあんたの旦那に殺されちまうから恐くて言えないんだ、あんたが代わりに言っておくれ、あんたの旦那だろうって。まったく、餓鬼のくせに口数の減らねえ娘っ子でやした」

「乱暴とは、どんなことがあった」

「へえ。まあ、商売女があの客はいいこの客は嫌いだ、というお千紗の方もどうかと思いやすが、その数日前かに、断わった客がしつこくお千紗に絡《から》んできてなかなか引き上げねえことがあったらしいんでやす。そこへ喜多野の旦那がき合わせ、その客を袋叩きにしたって言うんでやす。あっしは賭場で遊んでやしたから知りやせんでした……」

信太がお久仁から聞いた喜多野の乱暴ぶりは、角筈村の祈禱師・大観に喜多野が突然ふるった一昨日の暴行を思い出させた。

このままだと殺してしまうと思い、お千紗が必死で止めて、かろうじて殺さずにすんだ、というのである。

「あんたの旦那は癇癪を起こしたら手がつけられない、危ないって。あれは乱暴じゃなくて、凶暴だって。あっしは娘っ子のお久仁に言われて、この餓鬼が生意気言いやがるとぶっ飛ばすぞと怒鳴りつつ、内心もっともだよなって、思いやしたけどね」

「そのあと、お千紗は三間町から越していったのか」

「いえ。それは旦那が客になり始めて三月《みつき》ぐらいのときで、お千紗が三間町からぷいっと姿を消したのは、それから七、八ヵ月あとだったと思いやす」

「七、八ヵ月……その間も喜多野さんは三間町へ通っていたのだな」

「そりゃもう。旦那はだいぶお千紗にご執心《しゅうしん》のようでやしたから、廻り方の勤めのふりをして、ちょくちょく……」

寛一が信太の猪口にちろりを差した。

「ふう……あっしひとりが呑んで、申しわけねえ」

と、信太は口元をぬぐいながら、いやがらずに寛一の酌を受けている。

「気にせずどんどん呑め。もう帰って寝るだけだろう。ところで、六日前、木枯らしがひどく吹き荒れた夜を覚えているか」

「六日前の木枯らしの吹き荒れた夜？　ああ、あの日はあっしは昼から次の明け方まで、松井町の賭場におりやした」

「昼から？　喜多野さんの勤めはどうした」

「旦那が、これからよんどころない用がある、今日はもういい、と言われやしたんで」

「昼からよんどころない用？　喜多野さんに、今は執心の女はいるのか」

「さあ……お千紗ぐらいに入れこんでいる女は、今は知りやせんねえ」

信太が心地よさそうな酔眼を寄こして言った。

龍平は考えこんだ。

「旦那、六日前の木枯らしの夜に、まさかお千紗が殺された、なんて仰るんじゃねえんでしょうね」

分厚く盛り上がった肩の間に、太い首を埋めるようにかしげた喜多野の風貌が脳裡をよぎった。喜多野が暗闇《くらやみ》の彼方へ歩み去る雪駄の、気だるげに鳴る音が耳に残っている。それから、お万知の困り果てた顔が浮かんだ。

龍平はさり気なくこたえた。

「じつは、そうだ」

ええっ――と、信太は驚きの声をあげ、手にした猪口から酒がこぼれた。

「確かなことは何もわかってはいない。念のために訊いただけだ。さっきも言ったただろう」

龍平は笑いかけた。

だが、妙な胸騒ぎは収まらず、気がいやに重かった。

七

本石町の時の鐘が暮れ六ツ（午後六時頃）を報《しら》せて、やがて夜の帳《とばり》が下りた。

その夕べ、桔梗はさほどこんでいなかった。界隈《かいわい》の職人たちの仕事の終わるのが夕七ツ（午後四時頃）。そういう職人たちが常客になり、五ツ半ごろまでいつも賑わっている。それが珍しく今夜は静かだった。

宮三が先に桔梗にきて、奥の三畳で龍平と寛一を待っていた。

「親分、ご苦労だったな」

「なあに、たいした旅じゃありません。越ヶ谷宿とわかっておりましたから、むつかしい調べ事でもありませんでしたし……」

宮三の笑みには、渡世の裏表に通じている男の貫禄がある。

お諏訪が酒を運んできて、「お話がすんだら声をかけてください」とすぐに座をはずすと、宮三があらたまって言った。

「早速、越ヶ谷宿でお千紗という女の素性をたどりました。そこの事情から、順を追って報告いたします」

端座した龍平は頷き、ひと口、燗酒で唇を湿らせた。

「お千紗の本名はお円。越ヶ谷宿の継ぎ立て問屋・宮沢屋の甲太夫と女房・お半の娘で、今年、二十六になるはずです。五つ年の離れた兄の鉄太郎が今は家業の継ぎ立て問屋を継いでおります」

宮三の低く渋みのある声が、ゆったりと流れた。

小さな鉄火鉢に炭火が熾《おこ》って部屋を暖めていた。

表店の賑わいは今夜はないためか、どこかの家ではじく三味線《しゃみせん》の音がかすかに聞こえてきた。

冬の夜が静かに深まっていく中、お千紗、すなわちお円の生《お》いたちが次第につまびらかになっていった。

街道の宿場町の継ぎ立て問屋に生まれ、何不自由なく暮らし、娘になり平凡な人の女房になって、そしていつか老いていくはずだった女が、二十六の歳に、親兄弟や親類縁者の誰も知らない成子町の貧しい裏店で短い一生を終えた。

「お円が十六のときでした。左多治という博奕打ちと駆け落ちし……」

と、宮三の語る奔放な気だてが、お円の道を踏みはずさせた、とは龍平は思わなかった。ただ、世の中のことはひと筋縄ではいかず、生きる道は一本道ではないのだなと、やりきれなく思うばかりだった。

「博奕打ちの左多治と江戸で暮らし始めたお円が、どういう経緯があって左多治と別れ、深川の三間町、新宿追分の先の成子町まで流れていったのか、宮沢屋の両親も兄も詳しい事情は承知しておりません」

宮三の報告は、むろんそれでは終わらず、

「お円が三間町で比丘尼女郎を始めるまでおよそ五年。なんで遠い昔にとっくにすたれた比丘尼女郎なんだと、そういう奇をてらってそれをまた面白がるお円みてえな女が、五年の間に身を持ちくずしていく大方の道筋は察しはつくものの、駆け落ちまでした左多治のほかにお円がかかわりあった男を探っていけば、どっかに手がかりが見つかるはずだと考えました」

と、続いた。

「十六の歳で越ヶ谷から江戸へ駆け落ちし、二十一で深川三間町。三年後の二十四で成子町へ、だな」

宮三はゆっくりと首をふった。

「ところが、江戸でお円とかかわりのあった男を、左多治から始まって探っていくのはむつかしいというのがわかりました。お円が左多治と始めた永代寺門前町一の鳥居そばの裏店の暮らしは、じつは三月《みつき》ほどで終わっておりました。というのも、お円に新しい男ができたらしく、左多治を捨てて裏店を出ちまったからなんです。新しい男はどこの誰か、わかりませんが」

「三月とは、ずいぶん早いな」

「ところが、三月はお円の場合、長い方かもしれません。所帯を持って数日で別れた、なんて話も聞きました。それも未練を残すのはたいてい男で、お円の方から男を捨てております」

寛一が、「ほお」と呆れた顔をした。

「左多治は見つかったのか」

「それが、左多治は亡くなっておりました。もう二年以上前です」

亡くなった……

龍平は呟いて宮三を見つめた。

「左多治は博奕打ちですから、門前町界隈の貸元にあたりましてね。そこで左多治がすでに亡くなっているのがわかったんです。貸元は、たぶん博奕打ち同士の喧嘩か何かだろう、と言っておりました。仙台濠《せんだいぼり》に浮いていたそうです。誰がやったか、そいつはわからずじまいで」

「となると、お円とかかわりのあった男にはあたれなかったのだな」

宮三はぎゅっと唇を結び、ふむ、とひとつうなってから再び言った。

「ですが貸元は、博奕仲間の間で男好きのするいい女と評判だったお円が、気の多い女でひとりの男に満足できず、左多治のあとにも次々と亭主を替えていったことを覚えておりました」

「次々と、か」

「はい、次々と。左多治はお円にすぐ手を上げる男だったらしく、そのためお円は左多治に愛想をつかし、ほかに男を作って逃げたそうです」

宮三が苦笑を浮かべた。

「お円は、女に手を上げるようなやくざはこりごりだと人に言っていて、それからは堅気の男ばかりを亭主にしていたらしく、だから貸元もお円がそれ以後どんな男とかかわりがあったのか、よく知らねえと言っておりました。ただ、お円といっとき、所帯を持ったことのある深川の銭屋の手代がおり、貸元がその男を教えてくれて会ってきました」

銭屋にいがちな、なりが小さく目つきの妙に険しい——と、宮三は話を続けた。

「堅気といっても、そこは銭屋の手代だ。いかにも、油断のならねえ面つきの男でした。安吉《やすきち》と言いましてね。もう七年ばかり前、四ヵ月ほど夫婦の真似事みたいな所帯を持っただけでよく覚えていないし、お円が懇ろになったほかの亭主のことも知らないが、と言いながら、着物だ、芝居だ、どこそこの料理屋だと金のかかる女だったと、不満げに言っておりました」

「安吉は、小柄な男なのだな」

「片手一本で、女の細首であっても、へし折るほどの力があるとは思えませんし、歳ももう四十を超えた男です。そういうわけで結局、今日のところは安吉からお円と所帯を持ったほかの男の話は聞けず、残念ながら、手がかりはつかめませんでした」

宮三は龍平の考えを察して言った。

「ただひとつ、お千紗のことを伏せて、お円が深川のどこかで比丘尼女郎みたいな稼業をもぐりでやっている噂を聞いたが知らないかと、水を向けますと安吉は妙に納得したふうに頷き、お円が女郎になりましたか、と何やら感慨《かんがい》深げに言い始めましてね」

龍平の猪口に宮三が徳利をかたむけた。

燗酒が猪口にささやくように鳴った。

「お円ときれたのは夫婦仲がどうこうじゃねえ。お円という女は、生まれつき男なら誰にでも自然と媚《こび》を売ってしまう性根を持って生まれ、そいつぁ魔性というのとはちょいと違う、男の人肌が恋しくてひと夜も我慢できねえ、根っからの女郎というか、女郎になるしかねえ女だったと。だからこいつはいつか女郎になるだろうと思っていたので別段驚かねえ、と安吉は言っておりました」

「多情な性根ゆえ女郎になったと、安吉は言うのだな」

「そう、まさに多情な女だったと。一方で安吉はこうも言っておりました。ある意味じゃあお円は、可哀想な、不幸な女だったと言えるかもしれねえ。ほかのところでは、おっとりして優しい気だてをしており、存外に育ちがよさそうで頭だって悪いとは思えねえ。それが男のことになると、途端にだらしがなくなるというか、見境《みさかい》がつかなくなるんだそうで」

「亭主がありながら、ほかの男に気を移すのか」

「そういうことです。しかも男好きのする色気たっぷりのふるいつきたくなる器量だ。そんな女に媚を売られたら男は堪らねえ。たちまち懇ろになるが、ところがお千紗の気性《きしょう》はそれじゃあ収まらねえときた」

「男はお円に、ふり廻されるばかりだな」

「しかも、別の男に気を移した途端、今の亭主にはもう指一本触れられるのも我慢できねえ。あるいはこの男はいやだと思ったら、何があってもいやだ、というような気ままな気性だったとも言っておりました」

「ふり廻された挙句《あげく》に捨てられたら、それじゃあ亭主にはお円に、未練ばかりではなく、恨みも残るだろう」

「残るでしょうねえ。お円の気性がそんなんじゃあ、亭主と長続きするわけがねえ。惚れて一緒になったはずが、ひと夜明ければ亭主を捨ててよその男へ走る。結局、それの繰りかえしで、ゆきつく先が女郎ってえわけでさあ。確かに安吉の言うとおり、お円は女郎稼業を始めてやっとてめえの身のおきどころを見つけたのかもしれません」

粗末な角兵衛店に横たわっていたお千紗の死顔は、土で細工した操り人形のようだった。

「それから、こうも言っておりました。お円が岡場所の女郎にならなかったのは、お円の気性じゃあ岡場所の女郎はとても務まらねえからだろうとも……」

そこには、お円とはまったく別のお千紗の姿がある。

お円とお千紗、二人の別々の女の話をしている気が龍平にはした。

はあ、と傍らの寛一が溜息をついた。

龍平は寛一へ笑みを投げた。

「寛一、酒にしよう。お諏訪に声をかけてくれ」

へえ——と、寛一は敏捷《びんしょう》に部屋を飛び出した。

店は静かで、どこかの家の三味線の音はやんでいた。遠くで座頭《ざとう》の呼び笛が聞こえた。

龍平は一昨日、昨日、今日と進めてきた訊きこみの詳細を語り、昼間の信太の話から、お千紗が三間町で客をとっていたころに喜多野が馴染みのひとりだったらしいと告げると、宮三は、

「ほお、喜多野の旦那がですか」

と、意外というより物思わしげに顔を曇らせた。

「ここへくる前、常盤町の女衒《ぜげん》の十吉のところへ寄ってきた。十吉は仕事でいなかったが、十吉の女房に喜多野さんのことを訊いてみた」

宮三は曇った顔を重々しく頷かせた。

「喜多野さんは以前、二、三年前は小名木川から北の六間堀やら五間堀の常盤町から元町、森下町や六間堀町界隈によく見廻りに姿を見せていたらしい。いい評判は聞かないが。信太の話によれば、相当お千紗に執心だった」

「じつは、越ヶ谷へいく前に旦那の話をうかがったとき、ふと、思いました。お千紗が小比丘尼に客引きをやらせ、三年も三間町の裏店で無事に比丘尼女郎をやっていられたのは、馴染みに相当顔の利く誰かがいたからじゃねえかな、とです。本所から深川にかけて、あそこら辺は物騒《ぶっそう》な土地柄です。お千紗の馴染みに顔利きがいりゃあ、あそこら辺の悪《わる》もおいそれと手は出せませんし」

「それが喜多野さんか」

「かもしれません。と言って、成子町でお千紗が殺されたこととかかわりがあるというのじゃあ、ありませんが。けどね……」

と、宮三は言葉をきったが、何かが腹の底にわだかまっている様子だった。気の重さがだんだんひどくなっていた。

「あっしは明日も引き続き、お円が江戸へきてからかかわりのあった男をひとりひとりたどっていきます」

「たどるあてはあるのか」

「仙台濠に浮いていた左多治の話は聞けませんが、左多治とつながりのあった博奕打ちらにあたれば、少しはお円のことが聞けるかもしれませんので」

「そうだな。わたしは喜多野さんに……」

龍平が言いかけたとき、「お待たせです」と襖が開いた。

「熱いのを持ってきましたぜ」

と、寛一が燗徳利を盆に載せて現れ、お諏訪が後ろから肴の小鉢を積み上げた盆を「よいしょ」と運び入れた。

「はい、龍平さん。今日は鴨《かも》よ。葱《ねぎ》もたっぷり入っているからね」

お諏訪が顔を火照《ほて》らせて気安く言い、美味《うま》そうな鴨の煮たつ匂いが龍平の重い気をわずかにほぐした。

八

楓川に架かる新場《しんば》橋を渡ったとき、東詰の枝垂《しだ》れ柳の暗がりから「日暮……」と、かすれた声が龍平を呼んだ。

夜の五ツ半（午後九時頃）をとうにすぎていた。

聞き覚えのあるだるそうに引きずる雪駄の音が、暗がりの向こうから近づいてくる。

龍平は立ち止まり、暗がりの向こうへ目を凝らした。

やがて人影がぼんやりと浮かんできたが、顔は見分けられなかった。

それでも、肉の盛り上がった両肩の形と、そこへ埋めるように首をかしげる仕種が、独特で歪《いびつ》な影を見せた。

「喜多野さん、今日は一日、あなたを捜し廻りました」

影の歩みがのろくなり、二間（約三・六メートル）ほどをおいて気が抜けたように止まった。

黒い影の顔のあたりに、二つの目が瞬《まばた》きもせず光っていた。

枝垂れ柳の影が、喜多野の後ろで空へ突き出ている。

冬の星空が広がっていた。

「お万知があんたのとこへ、いったんだろう」

かすれ声が言った。

「あなたが帰ってこないので、心配して、泣いていました」

「あの馬鹿が心配しているのは、おれじゃなくて喜多野の家さ。つまらねえ不浄役人の町方同心の家が心配だからよ」

「それが不満ですか。夫に軽んじられている妻が、夫を重んじるはずがありませんよ」

ぐふ、と喜多野が息を吐いた。笑い声に聞こえた。

「なぜ屋敷へ帰らないのですか。奉行所の勤めはどうするつもりですか」

「あんた、兄きに会ったんだってな」

喜多野は別のことを言った。

「あなたが年始の挨拶にきたこともないと、仰っていました」

「貧乏御家人が下級の町方同心に借金を頼んできやがった。裏金が手に入るんだろうってな。冗談じゃねえって断わったら、親の法事のときも口を利きやがらねえ。殊さらに無視しやがる。馬鹿とはつき合っていられねえ」

遠くで、犬の長吠えが夜空に響き渡った。

深々と冷えこんでいたが、龍平は寒くはなかった。

「明日は奉行所に出ますか」

「もちろんだ」

「喜多野さんにうかがいたいことがあります。明日、奉行所で……」

「何が訊きたい。今言えよ」

喜多野の影がまた、ぐふ、と声をもらした。

白い吐息が見えた気がしたので、龍平は言う気になった。

「比丘尼女郎のお千紗のことです。六日前、成子町で殺されました。喜多野さんはお千紗の馴染みだったのでしょう」

暗がりの中に沈黙が流れた。

別のどこかの犬が、長吠えに応えていた。

「お千紗は二年前まで、五間堀わきの深川三間町の裏店で比丘尼に拵えて客をとり、三間町の尼さんと呼ばれていたそうですね。妹と称するお久仁という十歳前後の娘を使って客引きをやらせていました。お千紗がなぜ、三間町から成子町へ越していったのか、喜多野さんはご存じではありませんか」

喜多野の雪駄が、かすかに鳴った。

「なぜおれに訊く」

「お千紗に執心だったのでしょう。お千紗が三間町からいなくなってから、ずいぶん捜し廻られたそうですね。信太から聞きました」

「あの野郎……」

「信太はお万知さんに言われて、昨日は喜多野さんを一日中捜し廻って見つからず、すっかり自棄《やけ》になっていました。信太では埒《らち》があきそうにないから、お万知さんは今朝、家へきたのですよ。あなたを捜してほしいと」

盛り上がった肩の間にかしいだ頭が反対側にゆれ、それからゆっくり元へ戻った。首の骨が二度、鈍い音をたてた。

「ほかにも聞きました。喜多野さんを六間堀や五間堀周辺の町地で、以前はよく見かけたと」

喜多野はこたえなかった。

「お千紗の前を知っていますか。本名はお円というのです。越ヶ谷宿の継ぎ立て問屋の娘です。裕福に暮らせるのに、持って生まれた性《さが》なのでしょうね。十六のとき、博奕打ちと駆け落ちをして江戸へ逃げ、挙句の果てに身を持ちくずしました。二十六年の……」

かすれ声が龍平の言葉を遮った。

「あの女はおれには何も話さなかった。おれを嫌っていたんだ。嫌われていたことぐらい、知ってるよ」

そのとき、喜多野の影が楓川の堤道にふらりと動いた。まるで、何かに背中を押されたみたいにだ。

「親父はおれを嫌っていやがった。気に入らねえことがあると、すぐおれを打ちやがった。憎しみをこめて殴る蹴るの、ありゃあ暴行だった。おれは親父が恐ろしくて、いつも家の隅で身を縮めて暮らしていた。お袋もおれを庇《かば》ってはくれなかった。みんなしておれを、嫌っていやがったのさ」

かすれ声が続き、喜多野の影が堤道を反対側へゆれるように動いた。

「ある日親父がおれを見つめて言いやがった。醜いやつだと。てめえの倅を蔑《さげす》んでな。てめえは女房子供さえ満足に食わすことのできねえ貧乏御家人のくせによ。おれはあのとき、親父をいつかぶっ殺すと決めたんだ。糞《くそ》みてえな親父をぶっ殺すとな。ふん。ぶっ殺す前にくたばりやがった。手間が省《はぶ》けたぜ」

喜多野の影が雪駄を鳴らして、龍平へ向き直った。そして、

「お千紗がなぜ越したかだと？　こっちが聞きてえくらいだ」

と、荒々しげに言った。

「喜多野さん、わたしに何か用ですか」

沈黙の中に喜多野の乱れた吐息が漂っていた。

「日暮、おめえはいいやつだが、いいやつというのが鼻持ちならねえ」

かすれ声を吐き捨てるように言った。

「おれに近づくな。よけいなおせっかいをしていると、怪我するぜ」

それから、だら、だら……と、雪駄の音が暗闇に鳴った。

だんだん彼方へ遠ざかっていく雪駄の音が、ひどく寂しそうだった。

龍平には、喜多野へかける言葉がなかった。

第三話　七日目の夢

一

明けたその日は、お千紗が成子町の角兵衛店《だな》で殺されたと思われる日から七日目である。

喜多野は奉行所に現れなかった。

休みの届けも出ていない。昨夜の新場橋のことがある。組屋敷にいるのだろうか、と龍平は考えた。

七日前、喜多野は昼からよんどころない用があると、手先の信太を帰らせ、どこかへ出かけた。あの日の午後、喜多野がどこへどんな用で出かけていつごろ八丁堀の組屋敷へ戻ったのか。

組屋敷へ寄ってみるか。念のためだ……

そう考えたとき、ふと、左多治が二年ほど前、仙台濠に浮かんでいたという昨夜の宮三の話が脳裡《のうり》をかすめた。

二年ほど前なら、お千紗が三間町から成子町へ引っ越したころだ。

博奕《ばくち》打ち同士のもめ事が元で喧嘩《けんか》になり、と聞いた。

宮三は今日、左多治の知り合いの博奕打ちらにあたり、お円と絡《から》んだ男の手づるをたどることになっている。

ついでだ。左多治の一件も念のため確かめるか。

龍平は勢いよく自分の座を立った。

同心詰所《つめしよ》の周りの目が、龍平の勢いに、ん？　と向けられた。

年寄《としより》同心詰所を出たところで、表玄関から表門へ向かう定町《じようまち》廻り方の石塚《いしづか》与志郎《しろう》を見つけた。

紺《こん》看板に梵天帯《ぼんてんおび》、御用箱を担《かつ》いだ中間《ちゆうげん》を従えていた。

博多《はかた》帯の上に腹が丸々と乗った石塚が、玄関と表門の間の敷石に雪駄《せった》の、乾いた音をたてていた。

市中見廻りに出かけるところらしかった。同心雇いの手先は、八丁堀にある手先らの寄り合う溜まり場に待たせている。

石塚さん——と、龍平は駆け寄った。

「おう、龍平。どうした。ここんとこ忙しそうじゃねえか」

石塚が歩みを止め、重そうな体軀《たいく》を向けた。

頰《ほお》に肉がついた太い顔に、下がり眉《まゆ》の細い愛嬌《あいきょう》のある目が笑っている。

「成子町の裏店で起こった、商売女殺しの調べをやっています」

「そうだってな。聞いた聞いた」

龍平と石塚は背丈は同じくらいだが、太さは大筒《おおづつ》と槍《やり》ほど違う。

この石塚は、龍平を《その日暮らしの……》とか《雑用掛《がかり》》とからかわない数少ない先輩同心のひとりである。

「調べは進んでいるのかい。手伝うことがあったらいつでも言いな」

「ありがとうございます。早速ですが、二つ三つ、お訊《き》きしたいのです。今、かまいませんか」

「いいとも。なんだ」

そういうとき、石塚は手習《てならい》師匠のような顔つきになる。

「成子町で殺された商売女の元亭主で、深川の博奕打ちの左多治という男がいます。その左多治が二年ほど前、殺されて仙台濠に浮いておりました。聞いた話では、仲間うちの喧嘩に巻きこまれたようです。左多治の一件について、石塚さんがご存じであれば、うかがいたいのです」

「深川の博奕打ち？　左多治？　仙台濠に二年ほど前な……」

石塚は大きな腹をさらに突き出し、空を仰いだ。

表門わきの欅《けやき》の梢《こずえ》で寒雀《かんすずめ》がさえずっている。

「思い出した。確か、そういう一件があった。二年と一、二ヵ月前の秋だ。顔がくずれるほどぼこぼこに痛めつけられ、仙台濠に浮いていた。名前は左多治だったな。だがあの一件は南町の掛で、おれは詳しいことは知らん。南町の若い番方で、名前は、ううんと、ううんと……顔を見りゃあわかるんだが、名前が出てこねえ」

石塚が腹をゆすって笑った。

「そのうち思い出す。思い出したら教える」

「手をかけた者は、まだ見つかっていないのですね」

「まだだ。どうせ、博奕打ちの仲間割れの末に始末されたんだ。始末したやつがいて、始末されたやつがいる。どっちに転ぼうが同じ博奕打ちだ。そのうち見つかるさ、とそういうことなんだろう」

龍平は束《つか》の間、思いを廻《めぐ》らせた。

「左多治は、殺された成子町の商売女の亭主だったのか。なんぞ、因果がありそうなのかい」

「わかりません。たぶん、偶然そうなった、というだけのことでしょう」

「気になる。そういう勘《かん》が働くんだな。いいんだ。この手の探索にはそういう勘が大事なんだよ。まあ、頑張《がんば》りな」

石塚の肉づきのいい掌《て》が龍平の肩を、餅をつくように叩《たた》いた。

励《はげ》ますつもりで叩いたのだろうが、手加減をしていても石塚の身体つきでは相当こたえる。

「おや、おめえとこの寛一が餓鬼《がき》を引き連れ遊びにきたぜ」

表門の外で待っている寛一が、左右に子供を引き連れて表門に立っていた。

子供は十歳くらいの男児がひとりに、五、六歳の童子《こども》が二人の三人で、裾短《すそみじか》な着物から出た足は裸足《はだし》に藁草履《わらぞうり》で、見るからに貧しく寒そうだった。

童子二人は、町奉行所の大きくて重々しい門前まで寛一に率《ひき》いられてきたものの、恐がって寛一にすがり、大きい方の男児は怯《おび》えつつも、こちらは少し度胸《どきょう》が据わって八の字に門扉《もんぴ》を開いた邸内を好奇な目でのぞいていた。

見たことのある子供らだった。

石塚は敷石を鳴らして大きな身体を表門へ進め、子供らを見廻し、それから寛一に笑いかけた。

「おはようございます。石塚の旦那《だんな》」

寛一が腰を折った。

童子らは寛一の膝《ひざ》の後ろへ隠れて、石塚を見上げている。

「寛一、今日はおめえの下っ引きを従え、旦那のお勤めか」

年上の男児の頭をひとなでし、石塚は大きな身体をゆすって表道へとり、紺看板の中間が御用箱を担いで従ってゆく。それを見送っている寛一と子供らに近づいた龍平が、

「寛一、この子たちはどうしたのだ」

と声をかけると、寛一がはじかれたようにふりかえった。

「旦那、お久仁が、お千紗の妹のお久仁が、み、見つかりました」

「お久仁が見つかったのか」

そうか、この子らは……

角兵衛店のお千紗の住まいを調べていたとき、戸の外の路地からのぞいていた子供らだと思い出した。

子供は九歳の久太《きゅうた》に五歳と四歳の三平《さんぺい》と良助《りょうすけ》で、成子町の角兵衛店に住んでいて、三つ四つ年上のお久仁をよく知っていた。

お久仁はご飯の支度《したく》や掃除洗濯の仕事があり、店のおかみさんらと大人みたいに交わっているが、そういう家事がすんだあとやお千紗姉さんが寝ている昼間のひととき、久太らを指図して遊ぶ頭《かしら》格の女子《おなご》だった。

昨夕、久太は三平と良助に言った。

「明日、朝飯を食ったら出発だからな。父ちゃんや母ちゃんには黙ってろよ」

「いき方は知っているのか。道は遠いぞ」

三平が心配顔で言った。

「道は遠いぞ」

良助が言った。

「おらに任せろ。いき方はわかる。呉服橋だ。誰でも知ってる。お久仁を助けるためだ。おめえら、男だろう。遠くても我慢できるな」

三平と良助は頰の赤い顔を、必死な形相《ぎょうそう》に変えて頷《うなず》いた。

朝飯のすんだ六ツ（午前六時頃）すぎ、子供らは母親に遊んでくると言い残し、表通りの成木街道に出た。

成子坂をのぼり、新宿、四谷大木戸、外郭門のあるお濠端道《ほりばた》へ出て、そこからお濠端に沿って延々と昌平橋まで目指し、昌平橋を渡って、八辻ケ原《やつじがはら》から日本橋の大通りを日本橋へゆく道順だった。

途中、辻番の恐い番士に何度か呼び止められた。良助が「疲れた」と泣き始め、三平が「腹が減った」とめそめそし、なだめるのが大変だった。

また、親切なおばさんに「小僧さんたち、どこへいくんだい」と声をかけられ飴《あめ》をもらったりして、それはちょっと嬉《うれ》しかったが、ともかくそうやって呉服橋御門までどうにかたどり着いたとき、三人ともへとへとだった。

恐そうな衛士が番をする呉服橋御門の橋の手前で、「どうする」「どうしよう」と戸惑っていたところに、

「おめえたち、ここでなにをしているんだい」

と、見覚えのある兄ちゃんが声をかけてきた。

「そうか。成子町からわざわざきたのか。えらかったな」

龍平はひとりひとりに笑みを向けて言った。

冬空の下でも、長い間歩いてきた子供らの顔は汗と涙のあとで汚れていた。よほど腹が減っているのだろう。

三人は奉行所門前の掛茶屋で、串に刺した団子にむしゃぶりついていた。

町奉行所の表門そばには、公事人《くじにん》溜のほかに公事人が順番待ちをする掛茶屋がある。順番がくると奉行所の下番《かばん》が呼びにくる。

龍平は三人の子供らと寛一をその掛茶屋の奥の長床几《しょうぎ》に座らせ、子供らに掛茶屋の串団子を食べさせた。

その刻限、掛茶屋に公事人の姿はまだなかった。

「好きなだけ食べてかまわぬぞ。喉《のど》をつまらせぬよう、ゆっくり食べろ」

龍平は三平と良助に言い、久太へ向いた。

「久太、お久仁を見たのは柏木村の寺なのだな」

うん、久太は団子を頬張《ほおば》って首をふった。

「見たのは五日前、だな」

久太は口をもぐもぐさせながら、串を持つ反対側の手の指を折った。

そして龍平を見上げ、また強く首をふった。

「おまえたちの住む裏店でお千紗という女の人が災難に遭《あ》ったのは、知っているな」

　久太は頷いた。

「今日の五日前は、お千紗という女の人が災難に遭った次の次の日だ。間違いないか」

　久太は口の中の団子を飲みこみ、

「間違いねえ。お久仁がいなくなった次の日だ。その前の日は、朝、お久仁と話をしたから、お久仁はまだいた。お千紗さんが災難に遭ったのはその夜だ。けど、誰もそんなこと、知らなかった」

　と、しっかりした口調でこたえた。

「あの日、おらと三平と良助の三人で坂下の大久保道《おおくぼみち》を百人組《ひゃくにんぐみ》の西木戸の方へいって、途中から柏木村の方へ遊びにいった。坂道をのぼったら寺があって、大きな木があった。おらたちが寺へ入ると寺の庫裏《くり》の窓にお久仁がいたんだ。お久仁は外を見てた。おらたちを見つけてすぐ隠れちまった。ひと目見ただけだけど、間違いねえ。あれはお久仁だった。なあ、おめえたちも見たな」

　三平と良助が団子を頬張った顔を、懸命に頷かせた。

　子供らの様子に、寛一が顔をほころばせた。

「お千紗さんが災難に遭ってお役人が調べにきたとき、お久仁のことを言った方がいいかどうか、わからなかった。二日目にまたお役人がきて、お千紗さんの店を調べてたから、おら、言おうと思ったんだけど、おらみてえな子供は相手にされねえかなと思うと、言えなくて……」

「いいのだ。それでも勇気を出してきてくれたのだろう。きっとお久仁は恐い目に遭ったと、思ったのだな」

龍平は子供らを見廻し、三人はそろって首をふった。

「久太、寺の名はわからないか」

「むつかしい字が書いてあって読めなかった。寺の名前はわからねえ。けど、おら道はわかるよ。案内できる」

「よし。寛一、今日は忙しくなる」

龍平は緋毛氈《ひもうせん》を敷《し》いた長床几を立った。

「合点《がってん》、承知」

唖然《あぜん》と見上げている子供らに、龍平は言った。

「おじさんは支度をしてくる。おまえたちは好きなだけ団子を食べてていいぞ。団子を食べたら、成子町までおじさんとこのお兄さんがおまえたちを送っていく。角兵衛店までこの子たちを送り届けたら、久太、おまえは柏木村のその寺まで案内を頼めるか」

「いいとも。任せてくれ」

「おらも案内する」

「おらもいく」

三平と良助が言った。

「申し出はありがたいが、おまえたちは母ちゃんが心配するだろう」

二

龍平と寛一が子供らとともに呉服橋を渡ったころ、宮三は仙台濠の伊勢崎《いせざき》町裏にある小役人の組屋敷の木戸に佇《たたず》み、人を待っていた。

その組屋敷に長い間、空家になっている一軒があって、その一軒を伊勢崎町の顔役が借り受け、それをさらに顔見知りの貸元《かしもと》に貸し与え、だいぶ以前から昼夜を問わず賭場《とば》が開かれていた。

お円の駆け落ち相手だった博奕打ちの左多治が、この賭場に入りびたっていたという話を、宮三は聞きつけた。

賭場を仕きっている甚五《じんご》という代貸《だいがし》がおり、甚五に訊けば左多治のことはわかるかもしれない、ということだった。

左多治が賭場に顔を出したのは、仙台濠に浮かぶ十ヵ月前ぐらいからだ。

甚五は中背の、色浅黒く頰骨の高い険《けわ》しい顔つきの男だった。

小紋の着流しに布子の半纏《はんてん》を羽織《はお》り、素足に草履《ぞうり》だった。

木戸を出てきた甚五は、膝に手をあてがい腰を折った。

「お初にお目にかかりやす。神田竪大工町の宮三親分のお噂《うわさ》は、かねがねうかがっておりやす。てまえ、甚五でごぜいやす。よろしくお見知りおきを、お願《ねげ》えいたしやす」

「こちらこそ。宮三でございます。吉二郎《きちじろう》親分に甚五さんのことをうかがい、ご無礼ながらお邪魔させていただきました。何とぞ、ご容赦《ようしゃ》願います」

「とんでもごぜえやせん。このような場所で失礼とは存じやすが、ただ今少々とりこんでおりやして……」

と、そんな挨拶《あいさつ》をすませると、二人は仙台濠に架《か》かる海辺《うみべ》橋の袖《そで》わきの濠端へ出て、そこで立ち話になった。

仙台濠の東には木場があり、材木を組んだ筏《いかだ》や、石を積んだ艀《はしけ》がとき折り往来《おうらい》した。海辺橋の南側は正覚寺《しょうがくじ》の土塀と万年《まんねん》町の町家で、河岸場には杭につながれた船が舫《もや》い、それが両岸の柳並木の下に続いている。

「左多治はこの仙台濠のもっと隅田《すみだ》川よりで浮いておりやした。仲間うちに袋叩きに遭ったと聞きやした」

宮三はきり出した。

「甚五さん、何とぞご心配なく。あっしは左多治が仙台濠に浮いていた一件を詮索にきたのではありません。左多治の元女房のお円という女の足どりを追っております。ですがいきがかり上、もし差し支《つか》えがなければ、左多治が仙台濠に浮いていた事情を、お聞かせ願えませんでしょうか」

甚五は鼻を鳴らし、唇《くちびる》の片側を歪《ゆが》めた。

むろん、宮三が町方の手先を務めていることはこの道では知られたことだった。あの宮三ほどの男が、と噂になったくらいである。

町方の手先になる者はこの道では軽んじられ、男のする仕事ではない、と誰もが嫌う。

だが、宮三だけは格別だった。誰もが一目《いちもく》おいた。

「へえ、親分の仰《おつしや》るとおり、あっしも二年前、この濠に浮いていた左多治が見つかったとき、仲間うちの誰かにやられたらしいとは耳にしやした。左多治がうちの賭場へ顔を出すようになって、十ヵ月ぐらいたっていやしたかね。ただ、うちの賭場に関する限り、左多治とほかの客との間にもめ事があったというようなことはありやせん。これは間違《まちげ》えねえことで」

宮三は腕組みをして顎に片方の掌をあて、考えこんだ。

「あれは秋の夜でやした。左多治がうちの賭場で遊んで子《ね》の刻（午前零《れい》時頃）すぎに出たのは確かでやす。左多治はあのころ、江川《えがわ》端の蛤《はまぐり》町に住んでおりやした。大勝ちしたわけでも大負けしたわけでもなく、この調子が続くんじゃあかったるくってしょうがねえから今夜は〆《しめ》て、また出直してくらぁと賭場を出たその夜明け前のことでやした」

「甚五さんの思いあたるもめ事は、なかったんですね」

「あっしには覚えはありやせん。ちょいと癇癪《かんしやく》持ちなのは難点だが、さほど偏《へん》屈《くつ》な男でもありやせんし、博奕の腕もまあまあというところで、そんなに人から恨《うら》みを買う男には見えやせんでした。まあ、賭場はほかに幾らもありやすので、よその賭場で左多治にどんなことがあったか、あっしは知りやせん。けどね、仲間うちのもめ事というのもどこまで本当だか、怪しい話でさあ」

「怪しい？　ほお、ということは、ほかにも何かお聞きになったんですか」

「いえいえ、何も聞いちゃあおりやせん。ただ、仲間うちのもめ事がどうのこうのというのは、町方のお調べで、物盗りではなさそうだからどうせ博奕打ち同士の喧嘩やらもめ事やらで始末されたんだろう、ぐれえに扱われて、今もってどこの誰がやったかわからねえ。だもんでやすから、そうなっているだけで、あっしらの間ではどうだかな、とみな思っておりやす」

宮三は、ふむむ、と小さくうなった。

博奕打ち同士のやったのやられたのなら――と、甚五は言い足した。

「どんなに蓋《ふた》をしたって、たいていどっかからもれてきやす。博奕打ち同士に隠し事は似合わねえ。親分だってご存じでやしょう。それが左多治の一件については、いっさいもれ聞こえてきやせんでした。そいつはどうも変だ。ほかに事情があるんじゃねえのかいって、あのころは言われておりやした。もっとももう二年も前の殺しでやすから、親分に訊かれるまで忘れておりやしたが」

甚五は怠《だる》そうな薄笑いを浮かべた。

材木を積んだ荷車が二人の後ろの堤道を、騒々しく車輪を鳴らして通りすぎ、水面《みなも》を川鳥が飛翔した。

「左多治は、元の女房でお円という女のことを、甚五さんに何か話しておりませんでしたか。ちらっと聞きかじったようなことでもいいんですが」

宮三は言った。

「親分のお捜しのお円という女の話は、聞いたことはありやせん。ただ、女の話はしておりやした。昔の馴染《なじ》みだった女の話でやした」

「昔の馴染みの女の？」

「へえ。何年か前、小名木川の北のどっかの町に、比丘尼《びくに》に扮装した新手《あらて》の女郎《じょろう》が客をとっている噂が流れたことがございやす。左多治がその比丘尼女郎の話を人にしていたのを傍《はた》で聞いた覚えがございやしてね。左多治さん、ずいぶん詳しいじゃねえか、とからかうと、こいつが同じ郷里《くに》の馴染みだからおどろきさと、笑ってこたえておりやした」

甚五は川面《かわも》へ目を遊ばせ、やおら言い添えた。

「左多治の郷里は、越ヶ谷のはずですね」

「左多治の郷里がどこか、言葉を濁《にご》しておりやした。関八州の北だとは言っておりやしたが。江戸へ出てきてからは、深川のほか、浅草《あさくさ》、芝《しば》、それからいっときは行徳《ぎようとく》にも住んだことがあると聞いておりやす。この界隈《かいわい》がいちばん住みやすいと言っておりやしたねえ」

「その比丘尼女郎は、お千紗とかいう名じゃあ、ありませんか」

「お役にたてず、相すいやせん。女の名前の方はどうも。賭場のお客さんでござぃやす。わけありな方が多く、お客さんが話さねえ限り、こちらからは訊かねえようにしておりやすもんで。それに、小名木川から北は常盤町の十吉親分の縄張りでやすから、あっしらは滅多《めった》にいきやせんので、比丘尼女郎がどんな女郎か、また、女がお千紗という名かどうかも知りやせん」

「もっともです」

宮三はかえしながら、お千紗、いや、お円に間違いないと思った。

左多治はわかれた女房・お円とまだかかわりがあったのだ。

お円がお千紗と名を変え、小名木川の北、五間堀端の三間町の裏店で奇妙な比丘尼女郎を始めたのを、左多治は知っていた。

どんなかかわり方だったのか。元は駆け落ちまでしたてめえの女房だった女が女郎になり、それを面白がるただの客だったのか。それとも……

その左多治が仙台濠に、激しい暴行を受けて浮いていたのが二年前の秋。

博奕仲間のもめ事が元で喧嘩になり、始末されたことになっている。だが、ここら辺の博奕打ちたちは、そんな話を誰も真《ま》に受けてはいない。

お千紗ことお円が、三間町から成子町へ越していったのは、左多治が仙台濠に浮いていたその一、二ヵ月後のちょうど二年前の冬だ。

二年がたち、そうしてお円が殺された。

まさか同じやつが……

ふと、宮三は思い、気を廻しすぎか、と思い直した。

思い直しながら、強烈なもどかしさに胸が音をたてた。

「越ヶ谷あたりの百姓娘が、奉公やら養子縁組やらの名目で売られてくるのは、珍しい話じゃごぜいやせん。洒落《しゃれ》に言われる深川七場所にも、越ヶ谷生まれを捜しゃあ、とても十本の指に足りねえと思われやす。その比丘尼女郎がお捜しのお円かどうかは……」

と、甚五の声が空《うつ》ろに聞こえていた。

久太の瘦《や》せた小柄な身体が、細道を飛び跳《は》ねるように歩んでいた。

細道は、両側に畑の続く上り坂になっていた。

やがて、道の向こうに寺らしき、御堂や僧房のどれも茅葺《かやぶき》の屋根が見えてきた。御堂の前に松の大木が晴れた空にひときわ高くそびえていた。

「あれだ」

久太が龍平と寛一へふりかえり、言った。

境内の孟宗竹《もうそうちく》の竹林に囲われた一隅《いちぐう》に小さな鐘楼《しょうろう》があり、そのあたりに樅《もみ》の大樹が青空へのびているのが見えた。

孟宗竹の林が境内《けいだい》を垣根のように覆《おお》い、その外側を畑が囲んでいた。

久太は畑の間の道を、両側に白壁を体裁《ていさい》に備えただけの鄙《ひな》びた茅葺の山門の方へ折れた。

曲がり角に二本の太い樅の木が、山門へつながる道を挟《はさ》んでたっていた。

龍平が道を折れたとき、山門の茅葺屋根の庇下《ひさしした》に架かる、《医光山《いこうさん》》と書した扁《へん》が読めた。そうして、山門を入った先に娘がひとり、境内の枯草をしゅろ箒《ぼうき》で掃き集めているのが見えた。

大人びた紺縞《こんじま》の着物に白足袋《たび》が見えたが、娘は小柄な身体つきで、まだ童女を思わせる面影《おもかげ》があった。

箒を掃く音が聞こえる。

「お久仁……」

久太が呼んで、娘の方へ駆け出した。

お久仁が顔を上げ、久太と後ろからゆく龍平を認めたのがわかった。

途端《とたん》、お久仁は身を翻《ひるがえ》し、草履を鳴らして境内の奥の方へ走った。

「お久仁、逃げるんじゃねえ。お役人さんを連れてきたんだよ。おめえを、助けにきたんだよ」

境内へ走りこみながら、久太の叫び声が木々の間に響いた。

お久仁の紺縞の姿が、慌《あわ》てて僧房へ隠れるのが見えた。

久太はお久仁が掃き集めた枯草のそばに佇み、山門をくぐった龍平と寛一へ見かえった。

「お久仁が逃げちまった。お役人さんが恐いのかな」

久太はちょっと悲しそうに龍平を見上げた。

「何かわけがあるのだ。わけを訊きにいこう、久太」

龍平は久太の肩に手をかけた。

とそこへ、お久仁が消えた百姓家の主屋《おもや》に似た僧房の腰高障子《こしだかしょうじ》が開いた。

墨染《すみぞめ》の衣を着た四十代と思われる僧侶が出てきた。僧侶の後ろにお久仁が怯えて隠れている。

僧侶はお久仁の背中に手をおいていた。

僧侶は町方同心の定服《じょうふく》を珍しそうに見つめ、龍平が寛一と久太を従え近づいてゆくと穏やかな黙礼を寄こした。

龍平は僧侶に向かい、一礼をかえした。

「北町奉行所同心・日暮龍平と申します。当山のご住職とお見受けいたします」

そう言って、僧侶の後ろに隠れているお久仁と目を合わせた。

お久仁は、まだ背ののびきらない痩せた身体つきに娘とも童女ともつかぬ謎めいた目をしていた。

「さようでございます。わたくしは当山の住職……」

僧侶が名乗り、微笑《ほほえ》んだ。

「北町の御奉行所と申しますと、江戸呉服橋でございますね。遠路はるばる当柏木村まで、ご苦労さまでございます。町方のお役人さまが当山にわざわざお越しになられたのには、さぞかし重要な御用がおありかと推量いたします。お役人さまの御用をお聞かせ願います」

僧侶はそこでまた黙礼した。

「はい。じつはわたくし、七日ほど前、新宿追分を成木街道にとります成子町で起こりました、ある一件の掛を申しつけられております」

龍平はお千紗が殺され、その死体が見つけられた経緯《いきさつ》を語った。

「殺されたお千紗は、お久仁という十二、三歳の妹と称する娘と暮らしておりました。妹のお久仁が、一件の事情を知っていると思われます。このお久仁です。一件の当夜のことを、お久仁に訊《たず》ねにまいったのです」

「さようでございましたか。そのような事情を初めてうかがいました。お久仁は恐ろしい人に追われている、と怯えるばかりで、詳しい事情は話しませんでした。しばらく当山におき、気持ちが落ち着いたのちに事情を訊ねるつもりでおりました。たった今、恐ろしい人が追いかけてきたと駆けこんでまいり、吃驚《びっくり》いたしました」

「お久仁、久太がおまえがこのお寺にいると知らせてくれたのだ。わたしはお役目で、お千紗姉さんに起こったことを調べている。みながいるのだから恐くはないだろう。あの夜、お千紗姉さんに何があったのか話してくれるな。おまえが恐がっている人の話を、聞かせてくれるな」

お久仁は住職の後ろから龍平を睨《にら》んでいた。そして、

「お千紗姉さんは、本当の姉さんじゃないのさ」

と、大人びた口調で言った。

「知っている。おまえはお千紗姉さんに雇われていたのだな」

「お久仁は柏木村の子なのでございます。三つ四つのころは村の子供らと一緒に、この境内でよく遊んでおりました。幼いころより可愛らしい顔だちをしており、目だつ子でございました」

住職がお久仁に代わって言った。

「この子が六つのとき、村でひどい火事がございまして、村人の何人かが命を落としました。その火事でお久仁の両親が亡くなり、不幸なことにお久仁は両親と死にわかれましてね。村のどこかの家で、という話もあったのですが、結局、江戸の遠い縁者の元に引きとられていったのです」

住職はお久仁を優しく見おろした。

「詳しくは申しませんが、何かつらいことがあったようでございます。八歳のとき、縁者の元を逃げ出しお千紗という人の世話になったのでしょう。まことに、子供がつらい目に遭うというのは、悲しい世の中でございます」

「お千紗姉さんは、よくしてくれたのか」

龍平は訊いた。

「姉さんはちゃんとご飯を食べさせてくれたし、お小遣いもくれた。けど、ときどき叱《しか》られた。優しいときもあったし、恐いときもあった」

お久仁はこわばった顔つきでかえした。

「お久仁、お役人さまがお訊ねなのだ。包み隠さずおこたえせねばな。おまえの言う恐い人が、姉さんを手にかけたのか。おまえはそれを見たのか」

お久仁は、住職からも、龍平からも目をそらして頷いた。

曇った眉間の下の目が、何かを見つめて怒っていた。

「おまえが知っていること、見たことを話せば、姉さんの供養にもなる」

住職が言うとお久仁は顔を上げ、

「あたしひとりじゃ、いやだ。だって、だって……」

と、最後は言いよどんだ。

「わかった。わたしも一緒に話を聞こう。それならばいいだろう。日暮さま、かまいませんね」

「どうぞ。お久仁がそれを望むなら、差し支えはありません」

お久仁が龍平へ怒った目を再びかえした。それから後ろの寛一と並んだ久太へ

目を向け、

「久太、おまえはお帰り。子供の聞く話じゃないよ」

と、急に姉さんぶった言葉遣いになった。久太はいきなり言われ、

「ええ？　おらあ、お久仁を助けるために……」

と、口ごもった。

三

その日は昼下がりから冷たい木枯《こが》らしが吹き始め、木々が騒ぎ、街道には黄色い砂埃《すなぼこり》が舞った。

夕暮れには街道沿いの表店は、どこも早仕舞《じま》いにし、いつもなら賑《にぎ》わう堀之内村妙法寺参詣《さんけい》の戻り客も、いつしか途ぎれていた。

日がすっかり暮れるころ、木枯らしはいっそう激しさを増し、夜空をうなり上げて吹き渡った。

お久仁は、日のあるうちは淀橋に立って街道を往来する人々に声をかけて廻ったが、木枯らしが吹き始めて成子町にも淀橋町にも急に人影が少なくなり、客も

引けず、寒いしお腹は空《す》いたしで、その日はもういやになった。

日が暮れてからいったんは成子地蔵へ場所を移して客引きに立ったものの、野良犬一匹がお久仁の足下に臭いを嗅《か》ぎにきたのと、界隈の顔役の三五郎のところの若い衆らが、連れだって寒風の中を通りすぎたばかりだった。

お久仁は、お千紗姉さんに「これを着な」と言われた綿《わた》入れのまだ大きすぎる半纏の前襟《えり》をぎりぎりに合わせ、寒さをしのいだ。

若い衆らが通りすぎたあと、ちぇ、と舌を鳴らした。

なんだか馬鹿ばかしくて、道端に佇んでいる自分が間抜けみたいだった。

「お久仁、今日はもういいよ」

自分にそう言い、草履を鳴らして日の暮れた成子坂を下った。

成子町と淀橋町の境の角筈横町まで戻り、横町を北の大久保の方へ折れてすぐにある《金五郎蕎麦《きんごろうそば》》の表戸をくぐった。

かまぼこを載せた温かいあられ蕎麦が食べたかった。

夜はいつも金五郎蕎麦で、晩ご飯代わりの蕎麦を食べる。

亭主の金五郎さんと女将《おかみ》さんが変な恰好のお久仁にいやな顔をしないし、店は行商や表店で働く下男、荷馬の馬子《まご》、淀橋町の茶屋の使用人ら顔見知りの客が多かったから、お久仁でも入りやすかった。

店に入って戸を閉めるとき、吹きつける風で戸が、寒さに震えて鳴った。

亭主の金五郎さんが奥の調理場から顔をのぞかせ、「おいで」と言った。

風のせいか、今夜は客が五人しかいなかった。

五人の目がお久仁にそそがれた。飴《あめ》売りの行商の千次《せんじ》さん、淀橋町の料理茶屋で働いている甲助《こうすけ》さん、それに名前は知らないけれど、坂上の旅籠《はたご》《清水屋《しみずや》》の若い者の三人連れだった。

清水屋の三人連れは銚子を五、六本おいて、盛《もり》をすすっていた。

お久仁は盛より温かい蕎麦がいい。

「あられ項戴《ちょうだい》。かまぼこを載せてね」

入れ床の一番隅の座へ上がる前に、調理場へ声をかけた。

「あいよ。あられ蕎麦にかまぼこ載せ」

金五郎さんの元気な声が、調理場からかえってきた。

ふと思いたち、お久仁は飴売りの千次のそばへいった。

「ひとつ項戴」

懐《ふところ》の巾着《きんちゃく》から四文銭を出した。

「おう、そうかい」

千次さんは食べかけの蕎麦の碗を盆において、傍《かたわ》らの葛籠《つづら》から甘く煮た大納言《だいなごん》小豆《あずき》を漏斗《じょうご》みたいにした紙袋に多めに入れ、

「おまけだよ」

と、にこにこした。

「ありがとう」

お久仁は千次の「金ちゃん、あまあい」の売り声をあげて、葛籠を肩にかけて売り歩く甘い大納言小豆が好きだった。口の中にしっとりとした甘味が広がり、お腹が空いたときに具合がよかった。

店の片隅に座ると、紙袋の大納言小豆の一粒を口に入れ、ふう、と息をついた。暖かくてほっとする。「ああ、寒かった」と呟《つぶや》いた。

土間を挟《はさ》んで向き合う入れ床の清水屋の若い者が、猪口《ちょこ》を舐《な》めながら盛をすする音をたてている。

三人は、お久仁が店に入ったときから無遠慮な眼差《まなざ》しを投げてきた。代わる代わる、不審げな目を向けてくる。見るな。

お久仁は二粒目の大納言小豆を口に入れ、胸の内で言った。

清水屋は飯盛《めしもり》を、こっそりたくさん抱えている、と成子町では評判の旅籠だ。

むろんそれは、新宿の旅籠でもやっていることだ。

成子町内で一番流行《はや》っているからか、若い者がちょっとえらそうだ。

「流行らなくたっていいんだよ」

お千紗姉さんはそんなことを言って、客の選《え》り好《ごの》みをする。そのくせ客がいないときは、

「おまんまの食い上げなんだからね」

と、小言を言われる。

「だって、姉さん、お客さんを追いかえしたりするんだもの」

言いかえすと、

「おまえがだめな客を引いてくるからさ。心根のいい客を引いてきな。それがおまえの仕事じゃないか」

と、わけのわからないことを言った。

けど姉さんは、いずれこの商売をやめたら料理茶屋を開くと言っている。

「そのときは引き続き、おまえを雇ってやるからね」

嘘《うそ》か本当か、そんなことを言って笑っていた。怪しいもんである。

お千紗姉さんはお酒を呑む。呑むと賑やかになる。ときどき、故郷の越ヶ谷の父ちゃんと母ちゃんの話になり、泣き出すこともあった。

父ちゃんと母ちゃんを泣かせた悪い子だと、泣きながら寝てしまうのだ。

お酒は臭くて苦いし、あんなもの、みんなどうして呑むのだろう。

木枯らしがうなり、腰高障子が音をたててふるえた。

「はいよ。あられにかまぼこ入り……」

金五郎さんが温かい蕎麦の碗を盆に載せて運んできた。

お久仁は、ふうふう、と吹きながら、ぴりっ、とするくらい濃い汁を初めにひと口吸った。

おいしい、と思い、溜息が出た。

蕎麦をすすり始めたとき、向かいの清水屋の三人が座を立った。

「亭主、勘定だ」

頭《かしら》だった男が調理場の出入り口で代金を払いながら、金五郎さんに「どこの子だい」とこっそり言うのが聞こえた。

お久仁は碗に向かう目の隅で、男らを睨んだ。お久仁をずうずうしく見る目つきが鬱陶《うっとう》しい男らだった。

「ご存じないですか。坂下横町の角兵衛店に客をとっている女が住んでおりましてね。おち……」

あとの声がよく聞きとれかった。

「ああ、ああ、聞いたことがあるぜ。坂下横町は三五郎親分のしまだろう。三五郎親分は知っているのかい」

「どうやら、親分も承知らしいですよ」

金五郎さんと男がひそひそ声を交わした。

待っている二人の男がお久仁を見つめて、せせら笑った。

「へえ。まいど」

金五郎さんが男から代金を受けとった。

「妙なのが、いるよな」

男が鼻先で笑い、「いくぜ」と二人を促して木枯らしの吹きすさぶ外へ出ていった。冷たい風が店に吹きこんできた。

何が妙なの、だ。おまえらの方がよっぽど妙だ。旅籠の飯盛だろうと裏店で客をとろうと、同じことじゃないか。お千紗姉さんは、金さえ払えばどんな客でもとる田舎《いなか》の飯盛とはわけが違うんだ。

姿かたちだって成子町どころか、新宿追分一の器量よしなんだ。おまえらなんか、一昨日《おとつい》こい……」

お久仁は清水屋の若い者らを胸の内で罵《ののし》りながら、あられ蕎麦を最後の汁まで飲み干し、お腹はいっぱいになり、身体が暖まった。

蕎麦を食べ終わってからちょっとうとうとした。

「お久仁ちゃん、そろそろ看板だ」

と、金五郎さんに起こされ、大納言小豆の袋を懐へねじこんで、「じゃあ、またね」と、角筈横町の金五郎蕎麦を出たのは五ツ（午後八時頃）に近いころだった。

外は暗闇を引き裂きそうな冷たい木枯らしがうなりを上げ、吹きすさび、成子坂の木々が不気味に鳴り騒いでいた。

夜更《よふ》けの成子坂に提灯《ちょうちん》の灯影《ほかげ》は見えず、町並の影が身を縮めているみたいにひっそりとしていた。

お久仁は綿入れの半纏の前襟に両腕を組み合わせ、街道を坂下横町へ折れた。

今日はお客がひとりもいなくて、「おまんまの食い上げだよ」と、姉さんに小言を言われるだろうなと思った。

それから、店に戻ったら大納言小豆は少し食べて、明日に残しておくつもりだった。

角兵衛店の木戸のない路地へ折れて、どぶ板を踏んだ。

風が路地にも容赦なく吹きつけ、自分の草履の音さえ聞こえなかった。

どの店も板戸を閉め、路地は真っ暗だった。

ぶぶぶ……

井戸の周りで風がうめき声みたいに鳴った。

路地の一番奥の板戸と二軒目の板戸の隙間から、淡い光がもれていた。

なんだ。姉さんにお客がきている——と、お久仁は小さく呟いた。

お久仁の知らないうちにくるとしたら、馴染みの客に違いなかった。

二軒目の板戸をそっと開け、店に入った。風が板戸を激しく鳴らした。

行灯《あんどん》に明かりが灯《とも》ったままで、陶《とう》の火鉢には炭火が熾《おこ》り、薬缶《やかん》が架かってやわらかな湯気をのぼらせていた。

店は暖かく、ひと息ついた。だけど、と思った。

行灯の明かりがついたままということは、お客は暗くなってからきたのだ。誰だろう。三五郎親分とこの倅《せがれ》の八十次かもしれない。お久仁は火鉢の側《そば》へ座り、懐から大納言小豆の袋をとり出しながら、考えを廻らせた。

大納言小豆をひと粒口に放りこみ、奥隣の壁へ四つん這《ば》いに這っていって耳をあてた。

話し声や物音はしなかった。だが、人の気配は間違いなくあった。

火鉢のそばへ戻り、大納言小豆の二粒目を口に入れた。茶碗に薬缶の白湯《さゆ》をくんで、少しずつ飲んだ。

金五郎蕎麦でうとうとしていたので、目はすっかり覚めていた。

それに、姉さんに呼ばれるかもしれないので、お客さんがいるときは寝ないようにしていた。もう少し起きていることにした。

姉さんの読みかけの本が、火鉢のそばにおいたままになっている。

これを読んでいる途中に、お客さんがきたのだ。

お久仁は本を手にとった。姉さんは「滑稽本《こっけいぼん》だよ」って言っていた。

滑稽本って何？　お久仁は字が読めない。でも三と馬の字はわかった。三？　馬？　この人が書いた本なのかな、と首をかしげた。

本をめくると字がいっぱい書いてあり、髪結《かみゆい》店の髪結とお客さんの絵がいろいろと描かれている。けれど、すぐにつまらなくなり行灯のそばへ、ぽいと投げ捨てた。

風の音を聞きながら長いことぼうっとしていた。反対隣の壁ごしに、住人の増造の鼾《いびき》が風の音にまじって聞こえた。

が、そのうちにまた眠くなって、火鉢のそばで船を漕《こ》いだ。

激しい風の音で目が覚めた。裏の板戸がふるえていた。

どれだけたったか、わからなかった。

大きなあくびをしたそのとき、風のうなりの中で隣の姉さんの声が言った。

「いやだよ。わたしはいやなん……あんた……おくれ」

風にかき消されて聞きとれなかったが、姉さんの声はお客に怒っていた。

「……おめえ、おれにそんなことを言える……」

低くかすれた男の人の声が、姉さんを脅《おど》かしていた。

お久仁の胸が音をたてた。

「知らないよ。あんたが勝手に……」

姉さんが言いかえした途端、「承知しねえっ」とかすれ声が怒鳴り、ばし、ばし、と鈍《にぶ》い音が続いた。

隣から床のゆれるのが伝わってきた。何かが倒れて床がゆれ、「あっ」とかすかな悲鳴があがった。

姉さんが叫んだが、吹きすさぶ木枯らしに裏の木々が騒いで、何を叫んだのかほとんどわからなかった。ただ、店がゆれているのは風のせいではなかった。

お久仁は恐くなって、身体がふるえた。

それでも恐る恐る立ち上がった。泣きたくなるくらい恐かった。けれど、姉さんのことを放っておけなかった。

裏の板戸を開けて濡《ぬ》れ縁《えん》に出た。

冷たい風が痩せたお久仁の身体を吹き飛ばしそうなほど、吹きつけた。

怒っているように風が鳴り、草木が騒いで、あたりは暗く何も見えなかった。

板戸伝いに隣の濡れ縁へ渡った。

お久仁が成木街道で引いたお客を角兵衛店の奥の店へ案内すると、姉さんは表の路地からではなく、裏の濡れ縁伝いに隣へ渡っていく。

だからお久仁も濡れ縁伝いにゆくのに、慣れていた。

古い濡れ縁が、お久仁の足の下で折れそうに撓《たわ》んだ。

隣の板戸の隙間から、明かりがもれている。

その隙間から店をのぞいた。途端、

「あっ」

と、ひと声叫んで、それを飲みこんだ。

男と目が合った。

お久仁の身がすくんだ。枕行灯のほのかな明かりでも、男の顔ははっきりとわかった。あの男がきたのだ。

弛《たる》んだ頬に黒い小さな目、短く太い首、盛り上がった肩の肉、小銀杏《こいちよう》の髷《まげ》、浅黒い身体、大きな握り拳、突き出た腹が見えた。

男は下帯ひとつだった。

隆々《りゆうりゆう》とした片腕が小刻みにふるえ、指が姉さんの首に絡《から》みついていた。そうして一方の手は、姉さんのかざした細い手首を鷲《わし》づかみにしていた。

姉さんは襦袢《じゆばん》を乱して男の足を蹴《け》り、首に巻きついた指を引き離そうと狂ったみたいに男の裸の腕をかきむしっていた。

声をあげようとしても、ふさがれた喉から苦しげな喘《あえ》ぎ声がもれるだけだった。

男は、板戸の隙間からのぞくお久仁と目を合わせたままうめいた。

風にまぎれる途ぎれ途ぎれのうめき声は、恐ろしい化物《ばけもの》みたいだった。

「お久仁か」

男がお久仁を睨んでうなった。

お久仁の歯がかちかちと鳴った。

そのとき姉さんの首が折れ曲がり、男がのばした手先に折れ曲がった首をつかまれたまま姉さんの身体が仰向《あおむ》けに仰《の》け反《ぞ》った。

後ろへ大きく仰け反った顔が逆さまに、お久仁に見えた。

顔が黒ずみ、目が虚空《こくう》をさまよい、唇が、小刻みにふるえ、やがて喘ぎ声が途絶えると、男の腕をかきむしっていた手が力を失って垂れ下がった。

姉さんの目は見開かれていたが、もう何も見ていなかった。

身体がゆっくりと布団の上へ落ちていった。

男は姉さんを放し、両手を宙へかざした。下帯ひとつの岩みたいな身体をこわばらせ、くずれ落ちた姉さんを睨んだ。

それからお久仁へ目を向け、今にも叫びそうなほど大きな口を開け、不気味に喉を鳴らした。

「お久仁、こい。こっちへこい……」

喉が別の生き物みたいにふるえた。

化物だ、化物が出た……

お久仁の悲鳴は、恐怖に引きつり声にならなかった。

そのとき、ひときわ激しい木枯らしが店をゆらした。

お久仁は濡れ縁を飛び下り、店の裏手から漆黒《しっこく》の畑の方へ逃げた。あまりに恐ろしくて、ふりかえることなどできなかった。

化物の呼び声が、夜空にとどろいた。

四

昼八ツ(午後二時頃)、北町奉行所御奉行用部屋に下城《げじょう》したばかりの黒裃《かみしも》の御奉行・永田《ながた》備前守《びぜんのかみ》が膝に手をおき、静かに着座していた。

御奉行が背にした壁には、三間（約五・四メートル）の素槍《すやり》が架かっている。

御奉行の左右に、年番方《ねんばん》筆頭与力の福澤兼弘、風烈廻昼夜廻方与力・島崎《しまざき》俊《しゅん》哉《や》、三番組支配与力・堀十右衛門、同じく三番組頭・川浪金次郎、そして日暮龍平が居並んでいた。

用部屋の一画では、十人の手附《てつけ》同心が粛々《しゅくしゅく》と執務についている。

南側の中庭に面した縁廊下を仕きる腰障子に、午後の日が差していた。

一番下座の龍平が御奉行に膝を向け、話を続けていた。

「喜多野さんが深川三間町のお千紗の馴染み客になったのは、およそ三年近く前でした。商売女と馴染み客という垣根を越えてお千紗にのめりこんでいったと思われる事情は、おそらく、喜多野さんにしかわからぬ男と女の情と申すべきものなのでしょう」

龍平の言葉以外、その座には咳《せき》払いさえなかった。

詮議所での詮議や公事人《くじにん》溜の公事人に順番を告げる下番の声も、この用部屋には聞こえなかった。

「三年ほど前、舅《しゅうと》であり元同心の喜多野右衛門《うえもん》さんが亡くなられており、喜多野さんについている手先の信太が申しますには、そのころから喜多野さんの様子が少し変わられたようです」

龍平の報告に静かに聞き入っている御奉行が、わずかに首を頷かせた。

「風烈廻昼夜廻の見廻りの最中にも、三間町のお千紗の裏店に寄っておりました。その折りは手先の信太に定服の黒羽織を預け、深編笠《ふかあみがさ》に着流しの浪人風体《ふうてい》に拵《こしら》えていたようです。昼間の一刻（約二時間）か半刻（約一時間）で、その間、信太は町内の賭場《とば》などで遊んで暇をつぶしておりました」

　そこで三番組支配与力の堀が、怒りを抑えかねて言い捨てた。

「けしからん。それでも町方役人か。ご禁制の私娼や賭場を見逃したのみならず、役人自らそこで戯《たわむ》れるとは、言語道断のふる舞いだ」

　一同が龍平から堀へ目を向けた。

「組頭のおぬしが気づかなかったのか」

　堀は川浪へしかめ面《つら》を投げた。

「組頭と申しましても、組の者の素行《そこう》をすべて把握するのは無理です。そこはやはり、風烈廻上役の島崎さんに掌握していただかねば」

　川浪が島崎へ投げかえした。

　島崎は、ふむむ……とこたえたのみだった。

「よい。それを今言うても仕方がない。日暮、続けよ」

　御奉行が龍平を促した。

「はい。先ほど申しましたように、お千紗、すなわち越ヶ谷のお円は世間の女とはかなり異なる嗜好《しこう》を持っておりました」

龍平は畳に落とした目を、御奉行の膝元へ向けた。

「元禄のころに流行《はや》ったという比丘尼女郎の拵えに、裏店にそれらしき小道具などの支度《したく》を整え、蠟燭《ろうそく》を灯し香を焚《た》き、頭まで丸めて客の相手をするのを面白がる、きわめて特異な気だての商売女でした。お円が次々に亭主を替え、結局は商売女に身を沈めた顚末《てんまつ》を、お円がようやく自分に相応《ふさわ》しい居場所にたどり着いたと言う者も、元の亭主の中にはおります」

「それならばお円はなぜ、岡場所の女郎にならなかった。器量もそれほどよかったのなら、岡場所の女郎屋でも馴染みができただろうし、ともかくその方が危険は少なかったと思うが」

年番方筆頭与力の福澤が口を挟んだ。

「そのような気だての女が、いろいろ煩《わずら》わしい決まり事の多い女郎屋に勤めるのはむずかしく、また岡場所に身を売らねばならぬほど金にも困っていなかったようです。つまり、お円は金のために商売女を始めたのではなく、己《おのれ》の望む生業《なりわい》を始めたと言うべきなのかもしれません」

「三間町で比丘尼女郎を始めたとき、なぜお千紗と名を変えたのだ」

と、それは御奉行が訊いた。

「お久仁という雇われていた娘には、国元の越ヶ谷宿の両親に、比丘尼女郎を生業にしている自分を知られたくない、と言っておりました。越ヶ谷宿の生家は継ぎ立て問屋を営んでおり、お円は裕福な育ちです。三間町へ移ったときにお千紗と名を変え、それから裏店で客商売を始めたのです。亭主を持つのはもうこりごり、と言っていたともお久仁は話しておりました」

龍平はこたえた。

「ある意味で、お円は己の本性と世間への体裁に引き裂かれた不幸な女だったのではないでしょうか」

「お円という女、頭がおかしいのだ。気色の悪い」

堀が苛々《いらいら》と言った。川浪が堀に同調して頷いた。

「ですが、世間の体裁を保つことからはずれたお円の気だてが、喜多野さんの嗜好に合ったと思われるのです。手先の信太が申しますには、喜多野さんのお円への執着は相当なものだったそうです。一方、お久仁によれば、お円は喜多野さんの執着を極《きわ》めてうとましく思っておりました。つまり、両者のその齟齬《そご》が一件を招いたと思われます」

龍平は苛々を隠さない堀へ、静かに言った。

「女郎が客の喜多野をうとましく思っていた。それはなぜだ」

御奉行が訊いた。

「はい。原因は喜多野さんの極めて短気な気質です。川浪さんも喜多野さんの短気はご存じですね」

川浪へ眼差しを移した。

「短気というだけではすまず、喜多野さんは、ひとたび怒りにとらわれますとおしとどめることができなくなるのです」

「己を抑えられないのか」

「そのようです。怒りを覚えた相手にひどい暴行を加える場合がしばしばあったようで、お久仁が申しますには、お円自身が喜多野さんとちょっとした言い合いの末、喜多野さんを怒らせ、ひどい暴行を受けたことがありました。そのため、喜多野さんのいったん怒りにとらわれると豹変《ひょうへん》する気性を、とても恐がっていて、あの人だけはごめんだよ、と言っていたらしいのです」

「喜多野は、そういう男なのか」

御奉行が堀に訊いた。

堀が川浪へ、どうなのだという顔つきを向けた。

「確かにそういう気質はあります。組の中でも、喜多野を怒らすと何をしでかすかわからん、と言われてはおりました。喜多野の短気は、少々常軌《じょうき》を逸《いっ》したところがあると申さざるを……」

川浪が代わってこたえたが、御奉行に見つめられだんだん声が小さくなった。

「そういう男を廻り方に就けていたのか。まずいな」

御奉行が年番方筆頭の福澤へ向き、福澤は「は」と唇を結んだ。

「まずいだろう」

御奉行が隣の島崎へ続け、島崎は、

「人事はわたくしの与《あずか》り知らぬところで……」

と、肩をすくめた。

「喜多野さんがお円の馴染みになって三月《みつき》ぐらいがたったころ、お円と客の間にもめ事が起こったことがありました。もめ事の最中、喜多野さんがたまたま来合わせ、喜多野さんは激昂《げきこう》して客を袋叩きにしました。客が殺されそうになったので、お円が必死に喜多野さんに喰らいついてとめ、かろうじてその場は収まったそうです」

龍平は御奉行へ続けた。

「それ以来、あの町方は普通ではない、あの気質では今に大変なことをしでかすに違いない、危ないから迂闊《うかつ》に近づいてはいけないと、そのときはまだ童女だったお久仁にさえ、注意を促しておりました」

「ならばなぜ、愛想づかしをせぬ。女郎と馴染みとはいえ、所詮《しょせん》、金をやりとりする商売だろう。お断わりだよ、と言えばすんだことではないか」

福澤が言った。

「お久仁が、喜多野さんのお円への入れこみようはとうてい尋常《じんじょう》ではなく、傍《はた》から見ていてもぞっとするくらいだった、と申しておりました。お円は、断わりなどを言い出せば叩き殺されると、非常に恐がっていたのです。お久仁は喜多野さんの手先の信太に、旦那にお円のところへこさせないように言ってくれとも頼んだそうです」

「信太が、お円の恐れを喜多野に伝えたのか」

「いえ。信太も喜多野さんを恐がって何も言っておりません。喜多野さんを怒らせると手がつけられないことを知っており、何も言い出せないのです」

「喜多野はそれほどまでに、お円という女に心を奪われていたのか。本人にしかわからぬ男の情というべきか。三年前、喜多野の舅が亡くなり、抑えていた本性が頭をもたげた、というのだな」

御奉行が確かめたが、龍平はこたえられなかった。

龍平は昨夜、新場橋の袂《たもと》で喜多野から聞いた父親の話を思い出していた。実家の兄である野沢保の弟・喜多野勇への憎悪《ぞうお》を思い出していた。

喜多野は誰にも必要とされずに育った。

内に秘めた滾《たぎ》る怒りが、今の喜多野を作り上げた。そんな気がした。

「お円が三間町より成子町へ越していきましたのは、一昨年の秋、喜多野さんが馴染みになって十ヵ月ほどがたったころ……」

と、龍平は事の次第を続けた。

「お円が越ヶ谷宿から駆け落ちをした元の亭主の左多治という博奕打ちが、無残な暴行を受け仙台濠に浮いていた一件が起こったあとでした。その数ヵ月前から、左多治はお円が三間町でお千紗と名を変えて客商売を始めていたことを聞きつけ、お円につきまとい金をせびっていたのです。越ヶ谷の両親に、女郎に身を落としたおまえの境遇を知られたくはないだろう、とです」

一同が再び沈黙し、龍平に注目した。

「お円は左多治を煩《わずら》わしく思い、ひと言釘《くぎ》を刺してくださいな、と深く考えずに喜多野に頼んだ。それがとんでもないことになった、と左多治が仙台濠に浮かんでいたと知ったとき、ふるえ上がってお久仁に言ったそうです。あの男は狂っている、あの男とこのまま腐れ縁を続けていたら、今にこっちまで打首獄門《うちくびごくもん》のとばっちりを浴びかねないと、お円は怯えきっていたのです」

お円は常盤町の女衒《ぜげん》で顔役の十吉に相談し、成木街道の成子町を教えられ、お久仁とともに成子町に越していった。

「ただ、十吉は喜多野さんとの経緯は承知しておらず、わけありなので成子町へ越すことは誰にも教えないでくださいと頼まれた、と言っておりました」

すると御奉行が口を開いた。

「博奕打ちの左多治を暴行の末に殺害し仙台濠へ捨てたのは、喜多野に間違いないのか」

「一件は南町の掛であり、まだ手をくだした者をつかんでおりません。しかし喜多野さんの疑いは濃いと思われます」

「喜多野はお円たちが成子町に越したことを、誰から聞き出したのだ」

「それも喜多野さんに訊かねば、事情はわかりません。手先の信太が言っておりました。三間町からお円が姿を消したあと、喜多野さんは執念深くお円の行方を捜し廻っていたようです。あきらめきれなかったのでしょう」

「高《たか》が女郎ごときに、みっともない」

堀がしかめ面で吐き捨てた。

「喜多野さんは高が女郎ごときとは思わず、女郎に惚《ほ》れたことをみっともないとは思っていないのです」

龍平が言うと、これは異《い》な、という顔つきを堀は龍平へ寄こした。

「愚か者は救いようがない。御番所の面目《めんもく》をつぶしおったのだぞ」

堀が龍平に言い、御奉行が腕を組んでうなった。

「成子町の一件が起こる以前、喜多野さんは角筈村の大観という祈禱師《きとうし》の調べの掛についています。角筈村は成子町に近く、角筈村へ調べに出かけた折り、喜多野さんは、お円かあるいはお円の客引きをしているお久仁を認めたのではないでしょうか」

「当夜、喜多野とお円に何があったのだ。喜多野はお円に惚れておったのだろう。そこまで惚れて好いた女子《おなご》を、何ゆえ殺した。殺さずともよかろう」

福澤が言った。

「当夜は木枯らしが吹き荒れ、お久仁は隣の店でお円と喜多野さんの間にどんなやりとりがあったのかを聞きとることはできませんでした。しかし、喜多野さんがお円を殺害したまさにそのとき、お久仁は店をのぞいてその様をつぶさに見たのです。喜多野さんと目が合い名前まで呼ばれた。夜更けの嵐の中で、十三歳の娘にはさぞかし恐ろしかったことでしょう」

龍平は「御奉行さま」と、身を乗り出した。

「喜多野さんをお円殺しのかどで捕《とら》え、当夜、お円との間に何があったのか、事情を問い質《ただ》す必要があります。のみならず左多治殺しの一件についても、即座に……」

「わかった。福澤、おぬしは与力衆に事の次第を知らせよ」

「承知いたしました」

「堀、島崎、川浪、三番組と風烈昼夜の掛で力を合わせ、手わけして喜多野を捜し出して捕えてまいれ」

三人が頭《こうべ》を垂れた。

「わたしはこれから今一度登城し、御執政《ごしっせい》に事の次第を報告してまいる。騒ぎが大きくならぬよう、わたしが下城するまでに事を速《すみ》やかに運べ。喜多野には直々《じきじき》にわたしが訊く」

それから御奉行が龍平へ向いた。

「日暮、おぬしはどうする」

「はい。喜多野さんの妻のお万知に知らせてやらねばなりません。ひとりで苦しんでおります。そのうえで、わたくしも喜多野さんの行方を追います」

「そうだな。女房が気の毒だ。そうしてやれ。みないけっ」

御奉行の激しい声に、同じ用部屋の一角で粛々《しゆくしゆく》と執務についている十人の手附同心らが、驚いて顔を向けた。


龍平が表門を出ると、寛一と宮三が龍平を待っていた。

「親分、ちょうどよかった。むずかしいことになると思う。一緒にきてくれ」

「承知しました。あらかたは寛一から聞きました。あっしにもご報告がありますが、それは道々……」

「ふむ。まずは八丁堀だ」

呉服橋御門へ向かう龍平に、宮三、寛一が従った。

五

北御番所に普段とは異なる同心や中間の出入りが頻繁《ひんぱん》になり、御奉行さまの御駕籠《かご》が今日二度目の登城のため奉行所を出たことなどが、なんだか様子が変だぜ、と同心雇いの手先らの間に伝わるのに、さしてときはかからなかった。

信太は朝目覚めてから、今日はどうするかと考え、ええい、かまわねえ、とふて寝をして、昼をだいぶすぎてから八丁堀の手先らの溜まり場に顔を出した。

そこで、北御番所の異変を聞いた。

「どうやら、おめえの旦那の喜多野さまのことらしいぜ。何かあったのかい」

信太は続々と手先らが溜まり場に戻ってきて、廻り方の旦那方が御番所に呼び戻されていると言っていた知り合いの手先に、逆に訊かれた。

「知らねえよ」

と、言い残して溜まり場を出たものの、動揺を覚えた。

こんなときに旦那はどこへ消えちまったんだ、と思いを廻らせ、そうだ、まさかとは思うがあそこをのぞいてみるか、とひとつあてを思いついた。

ひた、ひた……

喜多野は船端を打つかすかな波の音に耳を傾《かたむ》けていた。すぎていくときを漫然とやりすごしている、そんな心持ちだった。

頭の片側に痛みを覚えたが、前夜の酒のせいでないのはわかっていた。眠くてしきりにあくびを繰りかえした。しかし目を閉じると、胸の動悸が聞こえ、頭の中がかき乱されるように騒いで眠れなかった。

昨夜も明るくなるまで眠れなかった。竹の網代《あじろ》の掩蓋《えんがい》の外に朝焼けの空と雲が見えた。それから次に気がついたら、昼をすぎていた。眠ったのではなく、ときが消えたのだ。

薄っぺらな布団の中で寝がえりを打った。

冷たい川風が掩蓋の中に流れてきた。

掩蓋の外の舳《みよし》の板子《いたご》で女が七輪《しちりん》を団扇《うちわ》であおいでいて、七輪には汚れた土鍋がおかれていた。

女は喜多野の黒羽織を羽織っていた。

蓬髪《ほうはつ》のように乱れた女の島田の彼方《かなた》に、青空が見えた。

喜多野は煙草盆《たばこ》に手をのばし、煙管《キセル》に刻《きざ》みをつめた。火入れの火種に煙管の雁《がん》首《くび》を近づけ、火皿に火をつけた。

煙管を二度吹かし灰吹きに雁首を、かん、と鳴らした。

女が舳の板子から喜多野へふり向いていた。

七輪におかれた土鍋が湯気をのぼらせていた。

「旦那も粥《かゆ》を食うかい」

女が言った。喜多野は煙管を煙草盆へ投げ捨て、

「腹が減った」

と、こたえた途端、食いたくもないのに腹が減る己が堪《たま》らなく不快だった。

己、という心の覚えが不快でならなかった。

糞《くそ》が……と、己自身に毒づいた。

「なんだい。食うんだろう」

女が舳からまた訊いた。

ああ――と、気怠《けだる》くかえした。

女が黒羽織の袖《そで》を土鍋の縁にあてて持ち、身をかがめて掩蓋の薄暗い中に入ってきた。

女の生臭い体臭に、粥の煮たつ香ばしい匂いがまじった。

喜多野は布団から上体を起こし、片膝をたてた。

ひた、ひた……

船縁《ふなべり》を波が叩いている。冷たい川風が吹いた。

「そいつは、おれの羽織だな」

「仕方ねえだろう。旦那があっしの半纏《はんてん》、着てるからよ」

女が喜多野へ顎《あご》をしゃくった。

喜多野は袖がほつれて綿《わた》のはみ出た綿入れの半纏を着ていた。

女が土鍋の蓋をとり、湯気のたつ粥を杓文字《しゃもじ》で欠けた茶碗によそった。

長さの違う汚れた箸と一緒に、喜多野のたてた膝の前へおいた。

女は白粉《おしろい》がはげて、喜多野より年上に見えた。

女の名前が思い出せなかった。おいとか、ばばあとしか、呼んだことがなかったから、だいぶ前に聞いた名は忘れてしまった。

お万知の名を覚えているのは、罵《ののし》ったり怒声を浴びせたりするからだ。

頭の片側が錐で刺されるように痛み、目をつぶり歯を食い縛った。

「頭が痛いのかい。世間は煩わしいことが多いからね」

「わかるかい」

「わかるよ。旦那、眠りながら誰かを罵ってたからさ」

頭の痛みが少し引き、粥をすすった。美味《うま》い、と思った。

「ばばあ、顔はまずいが粥は美味《うめ》えな」

「ふん。顔のことは旦那に言われたくねえよ。旦那、顔つきがずいぶん悪くなったよ。初めてきたときは、もう少しましな面だったのにさ」

喜多野は粥を、音をたててさらにすすった。

女は綺麗な茶碗と箸で粥をすすっていた。

「面が、悪くなったかい」

「締まりがなくなった。みすぼらしくなった。可哀想にねえ」

喜多野は声をくぐもらせて笑った。そのとき、

「旦那、こんなとこで何やってんですっ」

と、信太が舳の板子に片膝をつき、掩蓋をのぞきこんで喚《わめ》いた。

信太が飛び乗って、船が少しゆれていた。

「おお、信太か。ここだと、よくわかったな」

「よくわかったじゃねえすよ。御番所の様子が変なんでさあ。廻り方の旦那方が

みな御番所へ呼び戻されているって聞きやしたぜ。旦那も急いで戻らなきゃあ、まずいですぜ」

「そうか。御番所へな……」

喜多野は信太へかえし、それでも粥をすすった。

女は信太から喜多野へ目を移し、喜多野が粥をすする様子を見つめて鼻で笑った。そして、粥をすすった。

「粥なんぞ食ってる場合じゃねえですぜ。御番所の様子が変なんだって」

信太が掩蓋の外でまた喚いた。

喜多野は、長さの違う箸と欠けた茶碗を動かし続けた。

「旦那、人から訊かれたんすよ。旦那方が御番所に呼び戻されているわけは、喜多野の旦那のことらしいぜって。何かあったのかいって」

信太が女を気にしつつ、喜多野が尻を上げないのに苛《いら》だって言った。

自分の名が出たとき、喜多野は束《つか》の間、箸と茶碗を動かすのを止めた。

女が茶碗に口をつけたまま、上目遣いに見つめている。

しかし喜多野は、再び箸と茶碗を動かした。

「旦那ったらあ」

信太がさらに喚き、船がゆれた。

「うるさいねっ。飯を食ってる最中だろう。あんた、七輪に気をおつけよ」

「な、なんだよ、てめえ……」

怒声に信太が怯んだ。喜多野が箸と茶碗をおき、

「美味かった」

と言った。そして歯をしいしいと鳴らした。

「帰る。ばばあ、羽織をかえせ」

喜多野は女の綿入れのぼろの半纏を脱いだ。女が黒羽織を脱ぎながら、

「今日も食い逃げかい。たまには、払っておくれよ」

と、斜に見つめて言った。

喜多野は、白衣《びゃくえ》と言われる着物の懐《ふところ》から唐桟《とうざん》の財布を出した。

「とっとけ」

女の前へ、財布ごと投げ捨てた。

女が財布を拾って開くと、小判が数枚に二朱《しゅ》銀貨がかなり入っていた。女は目を丸くして喜多野を見上げた。

「全部、いいのかい」

「つけを、払うぜ」

喜多野が財布ごと女に投げたので、信太が啞然《あぜん》とした。

掩蓋を這い出て、舳の板子に立った。

川風が喜多野のほつれた小銀杏をなびかせた。

そこは新大橋《しんおおはし》の西詰の広小路わきから、入り堀を新堀の方へ半町（約五四・五メートル）ほど入った三俣《みつまた》との間の堤端だった。

船から新大橋が見える。

女はそこに掩蓋つきの川船を停め、通りがかりに身を売る夜鷹《よたか》だった。

昼間は艀《はしけ》などが往来し、新大橋を渡る人通りも多い賑やかなところだが、暗くなれば周辺の武家屋敷の勤番侍などを相手にする。夕暮れ、仕事帰りの行商やどこかのお店の下男などが客になることもある。

一年ほど前から、町方役人の喜多野が稀《まれ》にくるようになった。

喜多野はたいていひどく酔っ払っていて、女と遊んでも金を払わなかった。

夜鷹が町方役人に、金を払え、とは言えなかった。どうせ町方なんて、どいつもこいつも腐れ役人に決まっているし……

喜多野は羽織を信太に預け、黒鞘《くろざや》の佩刀《はいとう》を腰に帯《お》びた。朱房《しゅぶさ》がついた十手《じって》を帯の後ろの結び目に、無造作に差した。

盛り上がった肩の肉の間にすくめた首を、左右にほぐした。

それから七輪に身をかがめ、炭火に両の掌をかざしてぼうっとした。

信太は喜多野がどうするつもりなのかわからず、そわそわしている。

堤道の通りがかりが、昼日中、川船の舳の七輪に手をかざしている町方らしき男を、物珍しそうに見て通りすぎた。

喜多野は七輪へ手をかざしたまま、空を見上げ、大川の方へ目を移した。

日差しがあっても、川風は冷たかった。やおら立ち上がり、

「いくぜ」

と、信太の持つ黒羽織をとり、渡世人が合羽《かっぱ》をかけるように肩へかけた。

「旦那、またね」

女が掩蓋から白粉のはげた顔を出して言った。

船縁と堤を渡す板をゆらし、堤道へ上がった。

女は舳に立って、堤道をゆく喜多野と信太を見送った。

「信太、おめえはもう帰れ」

喜多野の背中が、堤道をゆきながら言った。

「ええ、なんで。御番所へ戻るんでやしょう？　あっしもいきやすよ。旦那が心配だ。御番所に送り届けてからおかみさんに知らせにいきやす。旦那は御番所におられやすって。おかみさんに言われたんす。旦那を捜せって。おかみさんはそれはそれはご心配だったんでやすから」

喜多野の雪駄が堤道に怠《だる》そうに鳴っていた。

「おれとくるんなら、手伝ってもらうぜ。いいのかい」

肉の盛り上がった肩に、黒羽織がゆれている。

「そりゃあ、もちろんでやす。お指図をお願えしやす」

「そうかい」

喜多野は何を手伝うのか、言わなかった。

新堀へ出て、新堀端を日本橋の方へとった。

それから喜多野と信太は、日本橋北、按針《あんじん》町の高砂新道《たかさごしんみち》と呼ばれる小路に面した刀剣屋にいた。

喜多野はもう定服の羽織を着ていた。店の間の上がり端《はな》にかけ、主人と手代《てだい》が運んできた七本の大刀を一本一本手にとり、鯉口《こいぐち》をきって刀身を半ばまで抜いて確かめていた。

客は喜多野と、店土間の入り口に佇《たたず》んで見守っている信太だけだった。

喜多野が新しい刀を手にとるたびに、主人は「お役人さま、それは備前長光《びぜんながみつ》でございます……」などと、言い添えた。

「丁子《ちょうじ》乱れ刃紋《はもん》。柄《つか》は本鮫地《ほんさめじ》に鶯《うぐいす》色の純綿撚糸《ねんし》のひねり巻きでございます。鍔《つば》は黒鉄地《くろてつじ》に二つ巴紋《ともえもん》、金色象嵌《ぞうがん》入りの……」

喜多野が次の刀へ手をのばすと、「それは見事な肥後正国《ひごまさくに》の同田貫《どうたぬき》で……」と移るのを、喜多野はぱちんと刀身を納め、主人をひと睨みした。

ひと睨みに射すくめられ、思わず主人が口を噤《つぐ》むと、喜多野が低くかすれた声で言った。

「全部もらう」

「え？　これを全部でございますか」

主人が訊きかえし、手代と顔を見合わせた。

信太はこの刀剣屋に入ったときから、旦那の様子に何やらただならぬ気配を覚えて、おどおどしていた。

「信太、これを全部抱えて、おれについてこい」

喜多野が七本の刀を、賑やかな音をたてて抱えながら言った。主人と手代は戸

惑い、

「そ、そのような乱暴にあつかわれますと鞘に疵《きず》が……」

と、止めようとして止められず、まごついた。

「ほらよ」

喜多野が顎で指図し、信太は「へ、へえ」と、七本の刀を抱え直した。

上がり端から腰を上げ、いきかけた背中に主人が言った。

「あの、お役人さま、お代金はでございますね」

「御用だ。つけとけ」

喜多野がふりかえりもせず言い、入り口にかけた長暖簾《のれん》を払った。

西日が小路に差し、人通りは多かった。

室《むろ》町の日本橋の大通りの方へ喜多野がとり、刀を抱えた信太が戸惑いながら従った。

喜多野の様子に何かを感じるのか、小路の人通りが避《よ》けてゆきすぎた。

主人と手代が駆け出してきて、うろたえた声をかけた。

「ご、御用と申されましても、それは、てまえの店の売物でございます。何とぞ、おかえしを願います」

「お役人さま、商品を持っていかれては、困ります」

主人に続いて手代が言った。

「てめえ、御用だと言っているのがわからねえのか」

喜多野が羽織を翻し、朱房の十手を主人へ突きつけていた。

十手を目の前にいきなり突きつけられ、主人が仰け反った。

「お上の御用に逆らいやがると、てめえの店をおとりつぶしにするぜ。それでもいいのか」

「そ、そんな、ご無体《むたい》な」

「ご無体な」

手代が主人を庇《かば》うように間に入った。

喜多野はその手代の頬を、十手でひと薙《な》ぎした。

「わあっ」

と、手代は叫んで横転した。手代の頬に赤いみみず腫《ば》れが見る見る走った。

手代が頬を押さえて苦痛に身悶《みもだ》え、小路の通りがかりが手代の周りをとり囲んだ。小路が騒然となった。

おいおい冗談じゃねえぜ。旦那はいったい何をする気だよ……

信太は刀を抱え、うろうろするばかりだった。

六

呉服橋の北町奉行所では、三番組の同心を中心に手のすいた同心らが数人ずつ組んで、表門を次々に出ていった。

奉行所の紺看板の中間も、それぞれの同心の組に従っていった。

夕七ツ（午後四時頃）が近づき、表門に待機していた同心や与力の家の送り迎えの者らへ、下番が出てきて事情を説明した。

「今夕は御奉行所に重大な御用があり、みなさま方の旦那さま方が退出されるまでには今しばらくときがかかります。それゆえ、いったんは組屋敷にお引きとり願いたいとの、お達しでございます」

その送り迎えの者らがそろって呉服橋御門の方へ戻るのといき違いに、猪首を両肩の間に埋《うず》めるようにかしげた喜多野が、雪駄を奇妙に鳴らし、ずんぐりとした身体をゆさぶって表門へと入っていった。

喜多野の後ろに刀の束《たば》を抱えた信太が、怯えた目で従っている。

送り迎えの者らは、青黒く無表情な喜多野の相貌《そうぼう》を見て、みな一様にぎょっとし、左右に道を開くのだった。

なんだあれは、妙だな、おかしいぞ、と周りでささやき声が起こった。

そのとき奉行所内では、破風《はふ》造りの表玄関前の敷石で三番組支配与力の堀十右衛門と、三番組頭の川浪金次郎が立ち話をしていた。

二人は、三番組同心と手すきの同心、中間らを幾組かに分け、江戸市中の各地域へ喜多野の捜索に向かわせたばかりだった。

「みな急いでくれ。御奉行さまがご下城なさるまでに……」

と、堀が指図して捜索の同心らが慌ただしく表門を出発し、奉行所表玄関前の緊迫が少し落ち着いたときだった。

「堀さま、まずいことになりましたな。下手な始末をしますと、われらにもなんらかの咎《とが》めが、下されましょうな」

川浪が堀に言った。堀は八の字に開いた表門から、表玄関へ向き直り、不機嫌を隠さずに言いかえした。

「あたり前だ。喜多野みたいな男を放っておいた方にも落ち度がある。何事もなくすむわけがない」

堀と川浪が表玄関の方へ敷石を歩んだ。

まるで、組頭の川浪の落ち度と言いたげな堀の言い方に、川浪はいささか気分を害した。

「放っておくもおかないも、喜多野が見廻りのお役目中に犯していた罪を、組の者に何ができますか」

堀はうなり、唇を歪めた。

「それにしても日暮という男は融通《ゆうずう》の利《き》かぬやつだ。高が博奕打ちと女郎が殺されただけだろう。大袈裟《おおげさ》に騒ぎたておって。杓子定規《しやくしじようぎ》に御奉行さまに報告などせずとも、われら三番組にまずひと言話せば、内々に始末して何事もなくすんだのだ。朋輩《ほうばい》の迷惑を考えぬのか」

「まったく、同感ですな」

「旗本の血筋を鼻にかけおって、えらそうに口ごたえもした。不愉快なやつだ」

「一度、びしっと釘を刺しておかねばなりませんな」

二人が玄関式台のそばまできたとき、表門の門番の声が響いた。

「き、喜多野さま」

ええっ？　とそろってふりかえった。

喜多野がずんぐりとした身体をやや斜めにかしげ、表門から敷石をまっすぐに二人の方へ大股《おおまた》で近づいてくるのを認めた。

後ろに刀の束を抱えた卑《いや》しげな小者《こもの》を従えていた。

「喜多野っ。おぬし……」

川浪が最初に喚いた。

二人を見つめているということ以外、喜多野の青黒い顔は木偶《でく》のように表情がなかった。

川浪は向かってくる喜多野へ歩を進めながら、内心ぞっとした。

川浪の後ろから喜多野へ向かった堀は、喜多野のまばたきもせぬ黒い目と目が合い、思わず顔をそむけた。

「控えろ。御奉行さまの命《めい》だ。おぬしを召《め》し捕える」

川浪が言い放ち、表門わきの同心詰所の方へ叫んだ。

「喜多野が現れた。出合えっ」

詰所には奉行所に残って執務についている同心がいる。町家からの不意の訴えを受けつける当番方もいなければならない。

喜多野は雪駄を音高く鳴らし、たちまち川浪に迫っていた。

紺看板の門番らが表門のところで呆然と見守っている。

あ、うう、いかん……

川浪はやっと異常さに気づいた。

近づきすぎる喜多野にたじろぎ、堪らず一歩退いた。

後ろの堀に肩が触れた。

その一瞬、喜多野は黒羽織を烏《からす》みたいに羽ばたかせ、腰の一刀を抜き打ちに川浪へ袈裟懸《けさが》けを浴びせかけた。

ばちんっ。

いきなりの袈裟懸けを浴び、「わあっ」と川浪は身体をひねった。

そして「あひぃ……」と悲鳴を引っ張りながらひと廻り舞い、敷石の左右に敷きつめた那智黒《なちぐろ》の小砂利《こじやり》を、四方にはじき飛ばして転倒した。

堀は目をむいたが、一瞬の事態が飲みこめなかった。

喜多野の木偶の目に見つめられ、恐怖に囚《とら》われた。

喜多野が堀へ向きを変え、割れた身頃より紺足袋に生白い素脚を大きく踏み出し、袈裟懸けにふるった一刀を再び上段へかえしたのと、堀が敷石南側の白洲《しらす》入り口の方へ逃れつつ、脇差《わきざし》に手をかけたのが同時だった。

堀の大刀は詰所の年番部屋の刀架《とうか》にある。

逃げる堀に迫る喜多野の踏みこみは激しく大胆で、ためらいがなかった。

木偶の目に喜怒哀楽《きどあいらく》の情が欠落していた。

しかも木偶は、ひと言も発しない。

誰か……

思った刹那《せつな》、喜多野の一歩二歩と踏みこんだ勢いのままにふり落とした一刀が、逃げる堀の肩先へ咬《か》みついた。

「あ痛《つ》うう」

裃《かみしも》の肩衣《かたぎぬ》が斬撃に食いちぎられて撥《は》ね、堀は白洲入り口へ前のめりに突っこんでいった。かろうじて抜いた脇差が手につかず、もろくも倒れたはずみに、小砂利を鳴らして転がった。

白洲入り口を入った奥は公事人溜である。

その刻限、詮議所の公事は終わり、公事人がいないことが幸いだった。

堀は喚き散らしながら公事人溜の方へ、四つん這いになって逃げた。

裃の肩先がすぐに血で真っ赤になった。

同心詰所から同心らが押《お》っ取《と》り刀で玄関前へ飛び出し、式台上の玄関座敷や廊下に与力衆や下役の同心らが馳《は》せ集まったのは、束の間の二太刀《ふたたち》で喜多野が川浪と堀を打ち倒したあとだった。

痛みにのたうつ二人の絶叫が、表玄関前に響き渡った。

その間、喜多野はかすかにうめいただけだった。

堀や川浪に止《とど》めを刺さなかった。こんな下種《げす》はどうでもよいというふうにふりかえり、刀を抱えてふるえ、動けなくなっている信太の方へ戻った。

信太の顔色が真っ白だった。

一方、喜多野の顔にはかえり血が散っている。

「寄こせ」

喜多野は血糊《ちのり》のついた刀を右手に垂らし、左腕に信太から刀の束を抱えとった。信太は歯を鳴らし、喜多野のするがままになっていた。

「ご苦労だった。もう用はねえ」

そう言われ、信太は飛び退《すさ》った。

そして、喚声《かんせい》をあげながら表門を逃げ出していった。

「大門《おおもん》を閉めよ。門番、大門を閉めるのだ」

玄関の与力らの間から年番方筆頭の福澤が叫んだ。

喜多野は再び玄関の方へ平然と歩み出し、そこで玄関に集まった与力や同心らへ嘲笑《ちょうしょう》を投げた。

刀の束を抱え、一方の刀はわきへ垂らしたままである。

その喜多野の背後で、門番らが慌てて表門の門扉《もんぴ》を閉じた。

奉行所に残っていた中間や下番も同心にまじって集まり、みな手に手に六尺棒や突棒《つくぼう》、刺股《さすまた》などの得物《えもの》を手にしていた。

「喜多野さん、やめろ」

「喜多野、この乱心者が」

馬鹿野郎、いい加減にしやがれ……などと、同心らは罵って喜多野をとり巻きにかかる。

「てめえら、たいした腕もねえのに刀なんぞ持ちやがって。笑わせやがる。おれは直心影流の達人だぜ。斬《き》られてえやつはかかってきやがれ。どいつもこいつもぶった斬ってやるぜ」

嗄《か》れた低い声がせせら笑いとまじった。

周りの同心らが抜刀しても、喜多野は刀を楽々と垂らしたかまえを変えなかった。

玄関式台に二人の与力が下りた。

ひとりは風烈廻昼夜廻の上役・島崎俊哉、今ひとりは同じく風烈廻昼夜廻の与力・白田淳左衛門《しろたじゆんざえもん》だった。

二人は裃の肩衣をはずし、すでに抜刀していた。

「喜多野。おまえは風烈廻昼夜廻の恥だ。いや、北町の恥だ。成敗する」

島崎が式台で叫んだ。

「えらそうに、島崎。なんにもわからねえ薄ら馬鹿が」

喚いた途端、同心のひとりが上段へとって、

「あたあ」

と、身を躍《おど》らせ打ちかかった。

喜多野は片手一本の刀でうなりを上げて、その一撃をはじきかえした。

凄《すさ》まじい力にはじきかえされ、打ちかかった同心は堪らず後ろへよろめき尻餅《しりもち》をついた。

続く今ひとりの背後からの打ち落としを、即座に身体を廻して力強く受け止め、押しかえしざまに刃を相手の肩へすべらせ、一瞬の間に撫《な》で斬った。

同心は悲鳴とともに刀を落とし、肩を押さえねじれるように横転していく。

その一瞬、喜多野は再び玄関へ向き直りざま、島崎と白田の待ちかまえる式台へ突進を始めた。

刀を高々とかざし、野犬のように吠えた。

島崎が上段にかまえ、白田は正眼《せいがん》にとる。

雪駄を敷石に鳴らし、喜多野が肉薄した。

白田が先に、正眼から右上へ素早くとって斬りかかる。喜多野は白田の一撃をやすやすと横へ払い、瞬時の差で打ち落としを浴びせてきた島崎の一刀へきりかえしの一刀を、余裕をもって咬ませた。

刃と刃が悲鳴をあげるかのように交錯した。すかさず、

「ええい」

と、白田が二の太刀を袈裟懸けに落とす。

「どきゃあがれっ」

喜多野は叫んで、押しこもうとする島崎をむき出しの生白い太い脚で蹴り飛ばしたから、島崎はへし折られたように身体を曲げ、玄関庇《ひさし》のある壁へ叩きつけられた。

だがその刹那には、すでに喜多野は白田の袈裟懸けを、かえす刀を絡めて巻き

落とし、巻き上げていた。

からあん。

巻き上げられた刀身は、「あ？」と声をもらした白田の手を離れ、玄関庇の屋根裏に突き刺さってふるえた。

間髪を容《い》れず喜多野が浴びせる一撃を、白田は式台から玄関の板廊下へ転げ上がってかろうじて身体を逃がした。

しかし、喜多野は刀をふり廻しつつ追いかけ板廊下へ飛び上がる。

その猛烈な勢いに玄関を固めた与力衆や同心らは、みな抜刀はしているものの、堪《こら》えきれずに廊下左右と奥の座敷の三方へ、恐れをなして退いた。

喜多野は廊下の左右を威嚇《いかく》して、右、左、と空《くう》に刀を蜂《はち》の羽音のようにうならせた。

左右が怯んだ隙《すき》に、玄関座敷へ走りこみ、重たげな衝立《ついたて》を勢いよく蹴り倒した。さらに、座敷の物置棚にたて並べた五十挺《ちょう》の銃を、薙ぎ払い、打ち倒していった。

その最中、喜多野の刀身が鍔《つば》から折れた。

囲みを縮める与力や同心がそれに乗じ、一斉《いっせい》に襲いかかろうとした。

しかし喜多野は柄を投げつける。

左腕に抱えた刀の束から一刀を抜き放つと、「うおおっ」と吠え続け、逆襲をかけた。

襲いかかる与力や同心らは、あっけなくくずれた。

囲め、囲んで討て、と声は飛ぶが、喜多野の猛烈な勢いに飲まれて誰も容易に手が出なかった。

逆襲をかけた喜多野は次に、玄関座敷に続く御奉行用部屋の杉戸を蹴り倒して躍りこんでいった。

用部屋手附同心十人が座を立ち、喜多野に身がまえた。

だが、思いもせぬ事の展開に、手附同心らは明らかにうろたえていた。

御奉行さま用部屋で斬り合いなど、前代未聞である。

喜多野は刀をふり廻し、畳をゆらし、執務用の文机《ふづくえ》を蹴散らしながら荒れ狂う猛獣のように突進した。

その後ろから、いったん退いた与力や同心が追い打ちをかけるが、それでは喜多野の猛烈な突進を止められなかった。

隙だらけだが、打ちこむと同時に猛獣の相討ちの斬撃を浴びるだろう。

あんな一撃を浴びたら、即座に絶命に違いなかった。

喜多野の木偶のような黒目は、暗黒の亡者《もうじや》の目だった。

「怯むなっ」

そう叫んだ手附同心の頭《かしら》が、喜多野の猛攻から真っ先に逃げた。

身がまえていた手附同心らは逃げ出した頭に引きずられ、たちまちかまえをくずして喜多野の左右へ逃げまどった。こんな相手と相討ちなどごめんだ、とみな思っているためくずれるのが早い。

ところが、真っ先に逃げた頭が文机に躓《つまず》いて転び、とそこに三人四人と折り重なって倒れこんだ。

喜多野は倒れた同心らのわきまで突進すると、起き上がりかけた頭のわき腹をしたたかに蹴りつけた。

腹を蹴られた頭は、「くわあっ」と悲鳴をあげて身体を折り曲げ、用部屋の奥へ丸太のように転がっていった。

用部屋の奥が御奉行の執務をとる上座になり、御奉行背後の壁には三間の素槍《すやり》が架かっている。

喜多野は転がった頭を奥まで追い、その喉首《のど》を踏みつけた。

踏みつけられた頭の顔が歪んだ。

「てめえ、怯むなだと。串刺しにされてえか。刀を捨てろ」

と喚き、頭の目の前の畳へ刀を突きたてた。

そうしてさらに新たな一本を抜き放ち、用部屋へなだれこんできた与力や同心へかざして叫んだ。

「束になってかかってきやがれ。こいつをまず串刺しにして、斬って斬って斬りまくってやるぜ」

切っ先が頭の唇をこじ開けるように突きたてられた。そして、

「てめえ、刀を捨てろと言ったろう」

と、かすれた声で怒鳴った。

頭は足をばたつかせ、つかんでいた刀を傍《かたわ》らへ投げ捨てた。

「そうだ、さっさとしやがれ」

喜多野の息は暴れ回って乱れていたが、破れかぶれな気迫に衰《おとろ》えは見えなかった。

手附同心の頭を人質にとられ手が出せない与力や同心らは、それでも、次第に囲みを縮め始めた。

こうなっては と、中庭に面した南側縁廊下、また西側と北側の廊下にも、多数の同心らが廻りこみ、東側正面と併せて用部屋の四周に人を配し、外へ一歩も出さない備えを固めた。

喜多野の狼藉《ろうぜき》が続けば、怪我人が増える。もはや、容赦《ようしゃ》なく斬り捨ててもこの狼藉を収めねばならなかった。召し捕えて詮議の上、などと悠長《ゆうちょう》なことは言っていられなかった。

用部屋を囲む障子や襖が、次々と開け放たれた。

みな抜き放っている。

その様子を睨んでいた喜多野は、今度はかざした刀をまた畳へ突き刺し、残りの刀も抜き放っては突き刺していった。

最後の一本を抜き放つとそれを肩へ担《かつ》いで、とり囲む与力や同心らを睨み廻し、分厚い肩をゆすって笑った。

「これだけ刀がありゃあ、大勢ぶった斬れるぜ。面白え」

そこへ年番方筆頭与力の福澤兼弘が、囲みの中から一歩出て言った。

「喜多野、もうやめろ。これ以上恥をさらすな」

「うるせえ。てめえなんぞに用はねえ。いつもすましやがって、えらそうによう。福澤、弓でも鉄砲でも持ってこい。こいつを盾《たて》によう」

と、喜多野は踏みつけていた頭の襟首をつかみ、引き起こした。

「こいつを盾に、まだまだ暴れてやるぜ」

「御奉行所で鉄砲など放たぬ。粛々とおぬしをとり押さえるのみだ。同じ町方でありながら、おぬし、何が狙いでこんな狼藉をする」

「何が狙いだと？　知りてえかい。言ってやるぜ。奉行を呼べ、奉行をよ。奉行とやりてえことがあるんだよ。おれと奉行と、どっちが強《つえ》えか一対一の真剣勝負を、やりてえんだよ。わかったかい。驚いたかい」

「驚きはせぬし、御奉行さまも呼ばぬ。よかろう。わたしがおぬしの相手をする。一対一の真剣勝負だ」

と、福澤が裃の肩衣を払い、さらに一歩を踏み出した。

年番方筆頭与力の福澤は、長身痩躯《そうく》、五十をすぎた最古参の与力である。

周りに低くざわめきが流れた。

喜多野と福澤が睨み合い、福澤は刀の柄に手をかけた。そのとき、

「福澤さま、ここはわたしが。この一件はわたしの掛です」

と、ひとりの同心が福澤の隣から、福澤より前へ、すうっと進み出た。

「うむ？　ああ、日暮か」

福澤は意想外の目を向け、日暮龍平の平然とした横顔を見つめた。

そうか、この男がいたか、と福澤は思った。

「喜多野さん、ここから先はいき止まりだ。わたしの小野派一刀流と喜多野さんの直心影流のどっちが強いか決めよう。一対一の真剣勝負だ」

龍平が昂《たか》ぶりもせず言った。

「先だっては峰打ちだった。今日は違うぞ」

「若造、とうとう現れたか。こうなる気がしたぜ」

喜多野が頭を引き倒し、肩に刀を担いだ恰好で龍平へ踏み出した。

「喜多野さん、確かめておきたいことがある」

七

用部屋の南側に面した中庭に、赤い夕日が降っていた。

中庭の灌木《かんぼく》に、寒雀《かんすずめ》のさえずりが聞こえていた。

夕日の降る中庭を背に、同心らの影が縁廊下を固めている。

龍平は黒羽織を脱いだ。

それから、やおら白衣の着流しの前身頃を割って右足を半歩踏み出し、膝をやわらかく折って柄に手をかけた。

鯉口をきる音が静けさの中に小さく鳴った。

「何を確かめてえ」

喜多野は唇を歪め、同じく黒羽織を脱ぎながらかすれ声をかえした。

「お千紗、いやお円をなぜ殺した。わけを聞かせてくれ。お円は、喜多野さんの惚れた女だったのだろう」

鼻先で喜多野は笑った。

「おめえ、野暮《やぼ》だな。男と女の色恋沙汰《ざた》が、気になるのかい」

「色恋沙汰が気になるのではない。御用の筋だ」

喜多野の羽織が分厚い肩からすべり落ち、それを機に、龍平は一刀を静かに抜いた。

「御用の筋だと。笑わせやがる。日暮、おめえは別嬪《べっぴん》の女房ひと筋だからわからねえんだ。いいか、おれはお円を二年も捜し廻ったんだ。二年だぜ。そういう男の情が、おめえにはわからねえんだ」

「お円は喜多野さんの乱暴な気性を恐がっていた。あんたが前の亭主の左多治をなぶり殺したのを知り、お円は恐くなって逃げたのだ。凶暴なあんたの気性が、そうさせたのだ。喜多野さん、それを知っていたか」

「そんなこと知るか。左多治はな、お円につきまとい、金をせびっていやがった。女郎に身を落とした姿を越ヶ谷の両親にばらされたくなかったら、金を出せと言ってな。お円は困った。可哀想じゃねえか。昔の男に強請《ゆす》られるなんてよう。だから左多治を散々ぶちのめして、仙台濠に捨てたのさ。お円を困らせるような野郎は、おれが許しちゃおかねえ」

喜多野は縁廊下の方へ踏み出した。

縁廊下を固めていた同心らに、動揺と緊迫が走った。

しかし、喜多野はそこで身を龍平の方へのっそり転じた。

龍平は半歩踏み出した右足の傍《と》らへ、ゆるやかに刀を垂らした。

打ち合い、斬り合い、死命を賭したかまえに見えなかった。

「それでいいのかい」

喜多野が龍平のゆるいかまえを訝《いぶか》って言った。

「わたしはこれでいい。喜多野さん、続けてくれ」

「ふん、まだ訊きたいかい。物好きな若造だぜ」

喜多野がからかうように言った。

「せっかくお円のために左多治を始末してやったのによ。お円が姿を消しやがった。だから捜したさ。捜し廻ったさ。当然だろう。お円はおれの女だ。おれの女をおれが捜すのが、何かおかしいか？」

「二年捜し廻り、お円が成子町にいることがどうしてわかった」

「おめえ、知ってるだろう。贋《にせ》坊主の大観の調べで角筈村へいった。その戻りだった。成子町を通りかかったらよう、お久仁が客を引いていやがったのを見つけたのさ。お久仁ってえ小娘はな……」

「お久仁から聞いた。喜多野さんが木枯らしの夜、お円を殺したところを見たとな。あんたは、あんたを恐がって逃げたお円を追いかけた。逃げたお円に未練を引きずり、殺したくなるほど恨んだからか」

「そうじゃねえ。そうじゃねえんだよ。だから何もわかっちゃいねえ若造に話すのはいやなんだ」

喜多野は肩の刀を下ろし、右半身になりながら奇妙な正眼のかまえをとり始めた。喜多野の紺足袋が、なめらかに畳をすべった。

龍平を誘うように正眼を下段へ少しずつ下げた。

「お円は元々、おれの女なんだ。そのお円がよ、おれに帰れと言いやがった。おれに気持ちが悪いからもうくるなと言いやがったのさ。憎たらしいじゃねえか。そんなやつはびしっと折檻《せっかん》して、躾《しつ》けてやらにゃあなるめえ。それが惚れ合った男と女の仲ってもんだろう」

喜多野はなおも間《ま》をつめている。

龍平は動かなかった。

「おれを怒らせた方が悪いんだ。おれが怒りっぽいってえことは、お円は知ってたはずだ。おれとお円の仲なんだからよ。それが逆らいやがって。はずみでああなった。けど、おれを怒らせたんだから、ばちがあたったたんだ。仕方ねえじゃねえか」

「哀れだな、喜多野さん」

龍平は、徐々に間をつめてくる喜多野へ言った。

「お円は一度として、喜多野さんの女だったことはない。あんたに惚れたことなどない。お円は町方役人であるあんたに気のあるふりをしていただけだ。それが商売女の手練手管《てれんてくだ》というものだろう。あんたは、初心《うぶ》な若衆のように商売女の手練手管を真に受けたにすぎないのだ。お円があんたの女だと、本気で思っていたのか。いい加減に目を覚ませ、喜多野さん」

　さらに間がつまった。

　次の躍動に備えるように、喜多野が膝を折った。

「あんたは、二年前にお円が逃げた真意すら知らず、成子町で暮らすお円に自分の女に戻れと迫った。お円はさぞかし戸惑っただろう。繰りかえすが、お円はあんたの女だったことなど、一度もないのだからな。商売女のつれない素《そ》ぶりに、あんたは怒りを抑えることができなかった。左多治をなぶり殺したように、怒りに任せてお円を殺した。ただそれだけだ」

　龍平は微動だにせず、言った。

「喜多野さん、その怒りで次に誰を殺す」

「若造、知ったふうな口を利きやがって。怒りを抑えることができずだと。次に誰を殺すだと。しゃらくせえ。おれを怒らせたやつは全部だ。そいつらがどうなろうが、自業自得だ。日暮、おめえだって同じだぜ」

「違うぞ、喜多野さん。あんたが怒っているのは、女房ではなく、奉行所でもなく、世間でもなく、喜多野さん自身にだ。親にうとまれ、喜多野家の舅姑に軽んじられ、女房に恐がられ、心を許せる仲間はなく、たったひとりの惚れた女にさえ逃げられたあんた自身に怒っているのだ。なぜみな、喜多野さんから心が離れるのか、わかるか」

　喜多野は、肩の間で猪首をゆっくり廻した。

「それは、喜多野さんが自分を嫌っているからだ。喜多野さんが一番怒っている相手が喜多野さん自身だからだ。あんたがあんたを恐がっているから、みなもあんたを恐がるのだ」

　喜多野の木偶のような黒目が、一瞬、怒りに燃える赤い光を放った。

　中庭の寒雀が、ちち、と鳴き騒いでいる。

　その瞬間、喜多野の折った膝がはずみ、躍り上がる黒い塊が見えた。

「許さねえ」

　喜多野が叫んだ。

　白刃がうなりを上げた。

　一瞬の間をおいて左を大きく踏みこんだ龍平は、横薙ぎに襲いかかる喜多野の一撃を掬《すく》い上げた。

　喜多野の一撃は龍平の刀に絡みとられ、空に流れた。

しかし強靭《きょうじん》な喜多野の踏みこみが身体の流れを堪えさせた。
すかさず上段へかえし、龍平へ猛烈な撃刃を浴びせかけた。
それを龍平は、刃が首筋に届くぎりぎりの間で受ける。
瞬間、怒りを露《あら》わに喜多野が歯を食い縛り、龍平の胸へ分厚い全身がぶつかってきた。
二つの身体が衝突の鈍い音をたて、骨が軋《きし》んだ。
「うおおっ」
喜多野が吠えた。
龍平は凄まじい衝撃を受け、身体を弓のように撓《しな》わせた。
このままでは押しつぶされるか、突き飛ばされる。退《ひ》くしかなかった。
だが、龍平は退かなかった。
凄まじい圧力を堪えた。
周りをとり囲んだ与力や同心が息を飲んだ。
撓った身体が喜多野の圧力を、全身を軋ませ受け止め、だんだん沈んでゆく。
「日暮、やるじゃねえか。だがこれまでだ……」
だが、龍平の撓り折れかかった身体が竹のようにゆり戻し始めた。

喜多野の怒りの目に、束の間、戸惑いがよぎった。
龍平の痩軀が、喜多野の分厚い身体を逆に押しかえしていく。
そうして、押しかえされた分厚い身体がそのまま、軽々と持ち上がったかに見えた。
「おおっ」
周りにどよめきが起こる。
身体を持ち上げられた喜多野は、明らかにうろたえていた。
身体がよろけ、それを支えるため一歩退いた。
しかし退きながらも即座に体勢をたて直し、上段へとった。
その一瞬だった。膂力《りょりょく》をこめ大きく上段にとった切っ先が、用部屋の天井板を貫いた。
「くそっ」
喜多野の気がそれた。
龍平は見逃さなかった。
袈裟懸けの追い打ちを浴びせる。
龍平の一撃がうなり、閃光が弧を描いた。

気がそれたその束の間だけ、喜多野の受けが遅れた。龍平の追い打ちを躱《かわ》すことができなかった。

一刀が鋭く閃《ひらめ》き、顔面の鬢髪《びんぱつ》から胸までを舐めるように斬り裂いた。

喜多野は顔をそむけ、その拍子に小銀杏が飛び散った鬢髪とともにくずれ、ざんばら髪になった。

二人の雄叫《おたけ》びが交錯したあと、静寂が二人を包んで凝固《ぎょうこ》した。

やがて喜多野の身がよじれ、一歩、一歩、退いてゆく。

懸命に身体を支えていたが、支えきれず、たたらを踏むように縁廊下の方へくずれていくと、そのまま縁廊下を越え中庭へ転落した。

喜多野は小砂利を敷き詰めた中庭に、仰向けに横たわった。

激しく喘《あえ》いで、身体が波打っていた。

中庭からは、夕日に染まった空が見え、鳥のさえずりが聞こえた。

龍平は心静かに縁廊下から庭へ下り、倒れた喜多野の傍らへ立った。

わあわあ、と同心らが庭へ下りて喜多野の周りをとり囲んだ。

「くそ、まだまだ……」

喜多野はもがき、刀を支えに起き上がった。

血がしたたっていたが、喜多野は苦にもしていないふうに見えた。

「おい、かかってこい、おめえら」

刀を支えに右左へふらつきながら、とり囲んだ同心らに強がりを言った。

とり囲んだ同心らは隙を狙ってはいても、かかっていかなかった。

喜多野は同心らの中に龍平を見つけ、もつれる足を向けた。

「日暮、勝ったと思っているのか。甘《あめ》えぜ。勝負はこれからだ」

「喜多野さん、自分で始末をつけろ。わかっているだろう」

龍平が言った。

「だからおめえは、しゃらくせえと言うんだよ。勝ったと思うなら、と、止《とど》めを刺しやがれ」

「わたしにやらせたいのか。これほどのことをして、自分で始末をつけられないのか」

喜多野は顔をしかめた。

血が激しくしたたるにつれ、顔色が乾いた土のように褪《あ》せていった。

片膝をつき、刀を杖《つえ》にしてかろうじて身体を支えた。

「今だ。とり押さえよ」

福澤が用部屋から言った。

喜多野は再び立ち上がり、よろけながら刀を縦横にふり廻した。

ここで怪我をしては、と誰もが思うからか、同心らは刀をふり廻す喜多野をとり巻いているばかりだった。

喜多野が息を喘がせ、龍平を睨んだ。

「日暮、お万知が出てきやがったぜ。なんでお円じゃねえんだ。くそ女房が、怒っていやがる。謝れってか。冗談じゃねえぜ。女房なんぞ……」

そう言った喜多野が、不意に涙をこぼした。それから刀身を首筋にあてた。

「真《ま》っ平《ぴら》だぜ」

最後に言い残し、思いきり引き斬った。

結　縁切り坂

一

「お麻奈ちゃん……」

その朝、勝手口の腰高障子《こしだかしょうじ》がそっと開いて、お万知が色黒に団子鼻の顔をのぞかせた。

龍平は囲炉裏《いろり》のある板敷から台所の土間へ下りかけたところだった。

五徳《ごとく》に鉄瓶《てつびん》がやわらかな湯気を上げ、囲炉裏のそばで倅《せがれ》の俊太郎と舅《しゅうと》の達広が俊太郎の入る私塾はどこがいいか、という相談をしている。

姑《しゅうとめ》の鈴与が、同じく囲炉裏のそばで目をしょぼしょぼさせてつくろい物をしながら、俊太郎の私塾の話に加わっている。

素読《そどく》は俊太郎が四歳のときから達広が見ているが、素読と私塾へ通って習う勉強とはまた別である。

下男の松助は龍平が奉行所へ出かける供のため、勝手の土間へ下りかけた龍平を見守っている。

「あら、お万知さん。おはようございます」

菜実を抱いて龍平が下りるのを待っていた麻奈が、勝手の土間から勝手口へふりかえった。

日暮家の一家が、おや、という様子で一斉《いっせい》にお万知へ向いた。

お万知は、みなに見られて決まりの悪そうな笑みを作った。

「お万知、どうした」

達広が囲炉裏のそばから明るく声をかけた。

「ご隠居さま、朝早くからすみません。お麻奈ちゃん、お世話になりました。いろいろ面倒をかけてごめんね。みなさん、長い間ほんとうにありがとうございました」

お万知は土間へ入り、腰を折った。

白い手甲脚絆《てっこうきゃはん》に草鞋《わらじ》の、お万知は旅支度《じたく》だった。

「みなさんに、お別れのご挨拶《あいさつ》にきました」

「もう、いくのね」

麻奈が名残《なごり》惜しそうに言った。

「用賀《ようが》村は八丁堀と違って遠い田舎だから。明るいうちに着きたいの……」

お万知は寂《さび》しそうに麻奈へ笑った。

「そう、お万知さん、もういくのですか」

鈴与が堪《たま》らなそうに声をかけ、囲炉裏のそばから立って土間へ下りた。

「おまえさんは八丁堀で生まれ、八丁堀で育ったのにね」

「おばさん、もう言わないで。気持ちの整理がやっとついたから」

「そうかい。もう言わない。向こうへいっても、元気でおやりなさい」

達広と俊太郎も、鈴与に続いて土間へ下りた。

「お万知、達者《たつしや》でな。慣れぬ土地でも住めば都《みやこ》だ。おまえはまだまだ若い。春はくる。くるとも」

達広が言った。

「わたしみたいな者にそんなふうに心遣いをしてくださるのは、日暮家のみなさんだけです。たくさんの御餞別《せんべつ》までいただいて、ほんとうにわたし……」

お万知は目を潤《うる》ませ、言葉が続かなかった。

「あたり前のことをしただけよ。気にしないで」

麻奈が言うと、麻奈に抱かれた菜実が何か言った。

「菜実ちゃん、俊太郎さん、お世話になりました」

お万知は俊太郎を向き、潤んだ目に笑みを浮かべた。

「さようなら」

俊太郎が小声で言った。

「龍平さん……」

お万知は麻奈に並んで佇《たたず》んだ龍平を、照れくさげに見つめた。

「龍平さんには、お礼とかお詫《わ》びとか、言いつくせないことがいっぱいあります。喜多野を、龍平さんが最後の最後に侍らしく扱ってくださったことを心から感謝しています。龍平さんのお陰で、碌《ろく》でなしの夫でしたけれど、死ぬときだけは侍らしく死ねました。本当に龍平さん、ありがとう」

お万知は、「ありがとう」と繰りかえした。

「お達者で」

龍平には、それしかお万知にかける言葉がなかった。

喜多野が最期に流した涙を、龍平は思い出した。

喜多野の涙のことをあとで言ったとき、「何を今さら……」と、お万知は寂しく笑っただけだったが。

ひと月がたち、十一月になっていた。

喜多野の一件で、北御番所では怪我《けが》人を多数出したが、幸い死者は、事を起こした喜多野ひとりだった。

一件は同心の喜多野が突然乱心し狼藉《ろうぜき》におよび、最後は自刃《じじん》して果てた、と決着が図られた。

読売《よみうり》種にはなったものの、奉行所での狼藉より、町方同心が女郎《じょろう》との色恋に溺《おぼ》れて、女郎に手をかけたことの方を面白がって読売は騒ぎたてた。けれどもそれはすぐに忘れられた。

二年前の仙台濠に浮かんでいた左多治という博奕《ばくち》打ちのことは、噂《うわさ》にもならなかった。

お万知は八丁堀の組屋敷を出て、母親の実家のある荏原《えばら》郡《ごおり》用賀村の縁者の元へ越すことになった。

お万知の身の上を気の毒に思い、喜多野家に新たに養子縁組をしては、という話も三番組の中であったが、お万知がそれを断わって同心株を売り、用賀村へ越すことにした。

お万知は同心株を売った金を、喜多野に疵《きず》を負わされた町方への見舞金にしたのだった。

また半月前、お円の兄の鉄太郎が越ヶ谷宿から成子町にきて、あらためてお円の供養をすませた。

それから家主の角兵衛や成子町の町役人、近所の人々に世話になった礼をして廻ったが、その折り鉄太郎は、お円の妹として暮らしていたお久仁の消息《しょうそく》を知らされた。

鉄太郎は柏木村の医光山円照寺《えんしょうじ》にお久仁を訪ねてゆき、お久仁を預かっている住職と相談した末、お久仁を越ヶ谷宿へともなって帰り、養女にしたという知らせが龍平にもたらされた。

成子坂のあるあの町で、様々な人の様々な縁が切れたが、また新たに、様々な縁が生まれたのだった。

お万知を見送ると、龍平は奉行所勤めに出かけた。

同心詰所《つめしょ》の自分の文机《ふづくえ》に着座するなり、すぐに下番《かばん》が出入り口に姿を見せて龍平を呼んだ。

「日暮さま、梨田さまがお呼びでございます。詰所の方へ……」

「承知した」

龍平は座を立った。

奉行所内での龍平を見る目が変わった。どう変わったか、定《さだ》かには言えないけれども、とにかく、気配、素《そ》ぶり、言葉つき、など何かがなんとなく変わったことは間違いなかった。

変わらないのは《その日暮らしの龍平》という綽名《あだな》だけだった。

「失礼いたします」

と、年寄《としより》同心詰所に入った龍平に、梨田は自分の机に片肘《ひじ》をついて、じっと眼《ま》差《ざ》しをそそいでいた。顔つきが心なしか白けて見えた。

「お呼びによりまいりました」

龍平は梨田の傍《かたわ》らに着座して言った。

ふふん、と梨田は頷《うなず》いたのか笑ったのかわからない声を、龍平へ横目を向けてもらした。

「御用を、受けたまわります」

龍平は慇懃《いんぎん》に言った。

「あんた、隠してたな、こっちの腕前をさ。小野派一刀流だって?」

梨田は剣をふる仕種《しぐさ》を、じゃれるようにやって見せた。

「隠してはおりません。訊《き》かれなかっただけです。訊かれたときは、こたえております」

「そういうもんかい。相変わらず、そつのないこたえだね」

梨田はつるつるした顎《あご》を撫《な》で、目を宙に遊ばせた。

梨田の向こうに明《あかり》障子があり、朝の光が縁庇《えんびさし》の影を障子に描いていた。

とき折り、寒雀《かんすずめ》の影が障子をよぎった。

「ところでさ。あんた聞いているかい。噂をさ」

「はあ、なんの噂でしょう」

「御奉行さまがさ、あんたを定町廻《じょうまちまわ》り方に就《つ》けようとなさってるって噂さ」

「いえ。存じません」

「本当か? それも隠しているんじゃないだろうな。石塚さんあたりから出ている噂なんだけどさ。年番方の福澤さんが、ともかくひと押しだと」

龍平はにっこりとし、

「そうですか。しかし、本当に存じません」

と、またこたえた。

「だよな。早すぎるんだよな。あんたの歳じゃあ、定町廻りは。病欠の南村《のうむら》さんの臨時ならとも角さ」

梨田の声が高くなり、周囲の年寄役が梨田と龍平へ目を向けた。

「やれやれ、めでたいめでたい……」

梨田はなかなか言い出さず、もったいをつけた。

「とは言え、今は今だ。日暮さんにひと仕事、頼みたいのさ。お頼みしてもよろしゅうございますか」

今日は妙にねちっこかった。

「御用を、どうぞ」

龍平は言った。

「上野《うえの》の坂本町《さかもと》の方でさ、妙な野垂《のた》れ死にが見つかったそうなんだ。何が妙なのかはよくはわからないが、検視《けんし》願いが届いているのさ。ほかに手すきがいないのでね。あんた、いって調べてくれるかい」

場所は坂本町の……

と、梨田の説明をあらかた聞いて、龍平は「わかりました。すぐ向かいます」と一礼した。立ち上がろうとしたところ、梨田がしつこく言った。

「本当に、その噂、聞いてないの」

「聞いておりません。本当ですよ」

龍平は微笑んだ。

ふと、龍平の心にときがきて、ときが去っていくざわめきが兆《きざ》した。

それは堪らないほどに愛おしく、物悲しく儚《はかな》げな、いっときの胸を締めつける息吹《いぶき》だった。ただそれだけだったが……。

注・本作品は、平成二十五年六月、学研パブリッシング（現・学研プラス）より刊行された、『日暮し同心始末帖　縁切り坂』を著者が大幅に加筆・修正したものです。

一〇〇字書評

縁切り坂

切・り・取・り・線

購買動機（新聞、雑誌名を記入するか、あるいは○をつけてください）	
□（　　　　　　　　　　）の広告を見て	
□（　　　　　　　　　　）の書評を見て	
□ 知人のすすめで	□ タイトルに惹かれて
□ カバーが良かったから	□ 内容が面白そうだから
□ 好きな作家だから	□ 好きな分野の本だから

・最近、最も感銘を受けた作品名をお書き下さい

・あなたのお好きな作家名をお書き下さい

・その他、ご要望がありましたらお書き下さい

住所	〒				
氏名		職業		年齢	
Eメール	※携帯には配信できません		新刊情報等のメール配信を 希望する・しない		

この本の感想を、編集部までお寄せいただけたらありがたく存じます。今後の企画の参考にさせていただきます。Eメールでも結構です。

いただいた「一〇〇字書評」は、新聞・雑誌等に紹介させていただくことがあります。その場合はお礼として特製図書カードを差し上げます。

前ページの原稿用紙に書評をお書きの上、切り取り、左記までお送り下さい。宛先の住所は不要です。

なお、ご記入いただいたお名前、ご住所等は、書評紹介の事前了解、謝礼のお届けのためだけに利用し、そのほかの目的のために利用することはありません。

〒一〇一‐八七〇一
祥伝社文庫編集長　清水寿明
電話　〇三（三二六五）二〇八〇

祥伝社ホームページの「ブックレビュー」からも、書き込めます。

www.shodensha.co.jp/bookreview

祥伝社文庫

縁《えん》切《き》り坂《ざか》　日暮《ひぐら》し同心《どうしん》始末帖《しまつちょう》

平成29年 7 月20日　初版第 1 刷発行
令和 6 年 5 月15日　　　第 7 刷発行

著　者　辻堂《つじどう》 魁《かい》
発行者　辻　浩明
発行所　祥伝社《しょうでんしゃ》
東京都千代田区神田神保町 3-3
〒101-8701
電話　03（3265）2081（販売部）
電話　03（3265）2080（編集部）
電話　03（3265）3622（業務部）
www.shodensha.co.jp

印刷所　堀内印刷
製本所　ナショナル製本
カバーフォーマットデザイン　中原達治

 ISBN978-4-396-34336-1 C0193

祥伝社文庫の好評既刊

辻堂　魁　**はぐれ烏《がらす》**　日暮し同心始末帖①

旗本生まれの町方同心・日暮《ひぐれ》龍平《りゅうへい》。実は小野派一刀流の遣《つか》い手。北町奉行から凶悪強盗団の探索を命じられ……。

辻堂　魁　**花ふぶき**　日暮し同心始末帖②

柳原堤《やなぎわらづつみ》で物乞いと浪人が次々と斬殺された。探索を命じられた龍平は背後に見え隠れする旗本の影を追う！

辻堂　魁　**冬の風鈴**　日暮し同心始末帖③

佃島《つくだじま》の海に男の骸《むくろ》が。無宿人《むしゅくにん》と見られたが、成り変わりと判明。その仏には奇妙な押し込み事件との関連が……。

辻堂　魁　**天地の螢**　日暮し同心始末帖④

連続人斬りと夜鷹の関係を悟った龍平。悲しみと憎しみに包まれたその真相に愕然とし——剛剣《ごうけん》唸る痛快時代！

辻堂　魁　**逃れ道**　日暮し同心始末帖⑤

評判の絵師とその妻を突然襲った悪夢とは——シリーズ最高の迫力で、日暮龍平が地獄の使いをなぎ倒す！

辻堂　魁　**縁切り坂**　日暮し同心始末帖⑥

比丘尼女郎が首の骨を折られ殺された。同居していた妹が行方不明と分かるや龍平は彼女の命を守るため剣を抜く！

祥伝社文庫の好評既刊

辻堂魁　風立ちぬ㊤　風の市兵衛⑥

〝家庭教師〟になった市兵衛に迫る二つの影とは？〈風の剣〉を目指した過去も明かされる、興奮の上下巻！

辻堂魁　風立ちぬ㊦　風の市兵衛⑦

市兵衛 誅殺《ちゅうさつ》を狙う托鉢僧《たくはつそう》の影が迫る中、市兵衛は、江戸を阿鼻叫喚の地獄に変えた一味を追う！

辻堂魁　五分《ごぶ》の魂　風の市兵衛⑧

人を討たず、罪を断つ。その剣の名は――〝風〟。金が人を狂わせる時代を、〈算盤侍〉市兵衛が奔《はし》る！

辻堂魁　風塵《ふうじん》［上］　風の市兵衛⑨

唐木市兵衛が、大名家の用心棒に⁉ 事件の背後に、八王子千人同心の悲劇が浮上する。

辻堂魁　風塵［下］　風の市兵衛⑩

わが一分《いちぶん》を果たすのみ。市兵衛、火中に立つ！　えぞ地で絡《から》み合った運命の糸は解けるのか？

辻堂魁　春雷抄《しゅんらいしょう》　風の市兵衛⑪

失踪した代官所手代を捜す市兵衛。夫を、父を想う母娘のため、密造酒の闇に包まれた代官地を奔る！